바보 유학생의
행복을 찾아서

바보 유학생의
행복을 찾아서

최지웅 지음

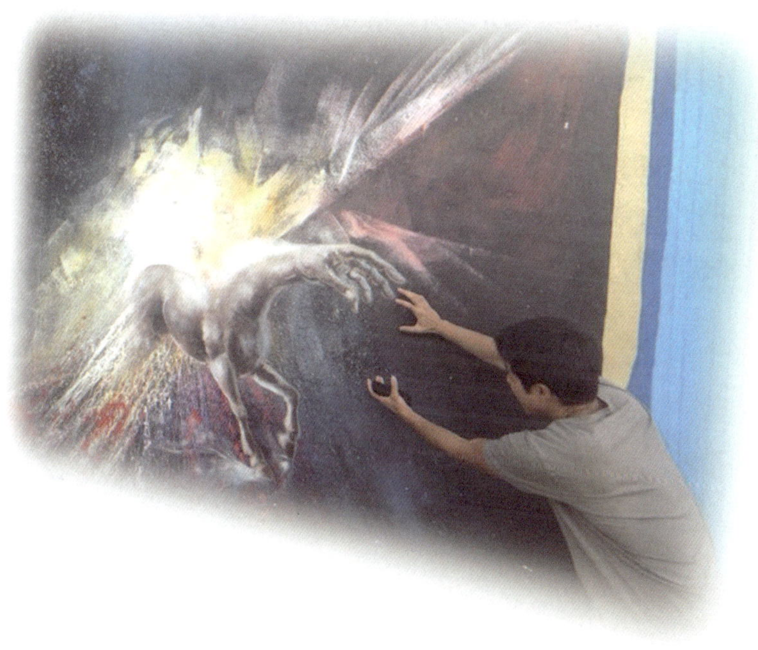

좋은땅

"행복을 찾아 떠났습니다. 당장 떠나면
모든 것이 괜찮을 것 같았습니다."

"I left to find happiness,
thinking everything would be okay
if I left right away."

HOLLYWOOD

COUGARCARD
WASHINGTON STATE UNIVERSITY
Jiwoong Choi
Intens Amer Lang Ctr

NEW
YORKER
Аляска (США)
Россійская Федерація
Китай
Бразилія
Індія

Contents

머리말 · 27

굿모닝 마이애미! · 42

예술적 감동을 못 느끼는 '나' · 56

뉴욕에 갖고 있는 환상 · 94

사랑의 센트럴 파크 · 106

미국의 스포츠 펍을 가다! · 128

이제 저는 자퇴생입니다 · 142

넌 미국에 또 가니? · 150

다시 어학원만 간다 · 154

뉴욕에도 이런 시골 마을이 · 172

나이아가라 폭포를 마시다 · 180

나는 실패한 유학생이다 · 186

워싱턴 주의 작은 마을 오번 · 194

2년제지만 어렵다 · 198

눈으로 덮인 마을 · 204

미국 대학생도 술 사랑? · 212

행복에서 도피로… · 216

캐나다 교회를 가다 · 222

캐나다도 나의 축구를 막을 순 없다 · 226

캐나다 국경, 까짓것 걸어가 볼까요? · 230

다들 고마웠습니다, 돌아가기로 했습니다 · 236

저에게 유학이란 말이죠 · 242

미국은 저에게 충격이자 멋짐이었습니다 · 246

싫습니다, 입국심사 · 252

유학 갈까, 여행 갈까? · 258

그냥 영어에 자신감만 있었습니다 · 262

홈스테이보다 기숙사가 더 좋았습니다 · 266

일본인들과 이렇게 친했다니 · 270

차별의 본능 · 276

작가의 말 · 283

MIAMI BEACH
BEACH WARNING FLAGS

New York city

미국 버스투어 중 우연히 만난 여행자들과 사진을 찍었습니다. 오랜 시간이 지났지만 아직도 사진을 보면 신기하게 20분 전후 상황이 생각납니다.

10년 전 저는 2층 관광 버스 티켓을 구입했죠. 자리는 꽤나 많이 비어 있습니다. 잘 기억은 나지 않지만 멕시코 사람인 것 같았어요. 우리가 잠깐 애기를 나누고 사진을 찍는 데 정말 5분 걸렸어요.

HOLLYWOOD

NORTH
LAS VEGAS STRIP

Orlando
Disney world
JURASSIC PARK

머리말

사랑하는 가족과 친구들에게 이 글을 바치며 저에 대한 비록 보잘 것없는 경험들이지만 다른 사람들도 공감할 만한 부분이 있을 것이라 생각하며 책을 쓰게 되었습니다.

경험들을 글로 풀어 나가는 것에 대한 막연한 자신감을 갖고 시작했지만 그 당시 메모해 놓은 것이 없기에 쉽진 않았습니다. 형편없을 수도 있는 글에 대한 오류를 줄이려 노력했습니다.

어릴 적부터 책 읽기를 좋아하지 않았지만 이야기를 남들 앞에서 공유하는 것에는 항상 관심이 있었습니다. 그리고 꿈 중 하나가 저만의 책을 쓰는 것이었습니다. 그래서 부끄러운 유학 생활을 저만의 방식으로 예상치 못한 이야기를 공유하고자 했습니다.

유학 생활을 되돌아보면 사실 그 당시 목표는 없었습니다. 현실과 이상 사이에서 방황하면서도 어느 정도 타협을 하며 살아왔습니다. 외국이라는 공간에서 겪은 것들이 긍정적이든 부정적이든 자신에 대한 부족함을 찾아내는 계기가 되었습니다. 책을 통해 경험을

나 누며 다른 사람 또한 처음 갔을 때의 떨림과 초조함을 불편해하지 않고 있는 그대로 받아들일 수 있으면 좋겠습니다.

또한 외국어가 어렵기 때문에 느끼는 긴장감도 함께 나누고 싶습니다.

무엇보다도 책을 쓰는 과정에서 자신에게도 많은 것을 돌아볼 수 있는 기회가 되었습니다. 그리고 다른 사람들도 함께 성장할 수 있는 계기가 되었으면 좋겠습니다.

저의 유학 생활은 무조건 성공을 위해 달려가지는 않았습니다. 오히려 목표 없이 시작한 것이었죠. 그렇기에 외국에서 얻을 수 있는 것들을 받아들일 수 있게 되었습니다. 아마도 앞으로 나아갈 때 참고할 수 있는 가치 있는 지식으로 남게 해 주었습니다.

부끄러운 방황을 글로 쓰면서 낯선 공간에 갈 때 느끼는 감정을 그대로 전달하고자 했습니다. 저와 같은 긴장감을 느끼고 있는 사람들에게도 새로운 환경을 통해 행복한 시간을 보낼 수 있다는 것을 알려 주고 싶었습니다.

유학에 대한 다양한 의견이 있습니다. 비싼 학비를 지불하면서도 성공할 확률이 그다지 높지 않다는 주장도 있죠. 저도 처음에는 그러한 생각을 가지고 있었습니다. 하지만 이것도 비확실성 안에서 인간이 넓은 공간을 헤매는 과정일지도 모릅니다. 제가 살아가는 인생에서 자유롭게 그리고 즐겁게 살 수 있는 방법을 찾아가는 것이 타지 생활의 가치가 아닐까 싶습니다.

　혹시 누군가 "그런 비싼 돈을 주고 외국에 왜 가세요?"라고 물어 본다면 '저는 당시 젊었고 세상에 대한 궁금증이 넘쳐났다'고 대답할 수밖에 없습니다. 다른 관점에서 보면 순진했던 저는 별 생각이 없었습니다. 자의적인 성격 때문인지 제 처지와 상황, 영어 실력이 어떻다는 것을 무시하고 떠났지만 그런 결정마저도 정답은 존재하지 않았습니다. 덜컥 비행기를 탄 순간 또한 나름 거창한 목표였고 뒤에 따라올 예상치 못한 일련의 대가만이 존재할 뿐이었습니다.

　사람은 어떤 의미를 가지고 살아가긴 합니다. 저는 아직 이상과 현실 사이에서 많이 헤매는 사람입니다. 그러한 과정에서 살아가는 것이 무엇인지 알고 싶었습니다. 가끔 뉴욕이라는 부자 동네를 걷다 보면 그곳에서도 마약에 취해 길거리에 누워 있는 노숙자를 보곤 합니다. 무심코 지나가면서도 그들 또한 과거에는 혼자가 아니었을 것이라는 생각을 했습니다. 한때는 주변 사람들의 진심 어린 축복을 받았을 것입니다.

　처지가 좋든 나쁘든 언제나 모든 것은 상대적입니다. 돈이 많다고 모든 것을 얻을 수 있다고 해도 그 옆에는 똑같이 할 수 있는 다른 사람이 있다면 본인 스스로의 만족 외에는 큰 의미가 없습니다.

　전 세계 지구의 모든 사람들은 스스로를 나름대로 특별한 존재로 생각하며 살아가고 있습니다. 20년 이상을 한국에 머물렀을 때는 한 개인에 대한 다름과 환경, 문화가 가치관에 어떤 영향을 줄 수 있는지 제대로 생각해 본 적이 없습니다.

"사람이 살아가는 것은 얼마나 다를까?"라고 말하더라도 그 공간에서 사회와 타협하며 다양한 방식으로 끊임없이 차별화를 하려고 노력하고 있습니다.

저는 세상의 반대편에서의 경험을 토대로 본인만의 스토리를 써 내려가는 것을 멈출 수 없었습니다.

지구에는 삶의 의지를 잃어 집 밖을 나오지 못하는 사람들, 나름 열심히 살았지만 노후를 제대로 준비하지 못해 고독하게 사는 사람들, 사회가 원하는 부를 축적한 사람들까지도 매일 세상을 향한 보이지 않는 글을 써 내려가고 있습니다.

사실 무너지는 자존감에 세상을 온전히 받아들이지 못해 답답했고 무언가에 집중하기도 힘들었습니다. 낯선 공간은 어색했고 심지어 타지에서는 더 외향적이지 못한 저 자신이 미웠습니다. 하지만 화가 나서 저 자신과 세상과의 전쟁을 선포한들 무슨 소용이겠습니까?

저는 나름대로 남들과 다르고 싶었습니다. 한국에서 태어났지만 타지에서 살고 싶었고 운동을 좋아하고 잘했지만 공부를 잘하는 친구를 보면 다른 분야도 무작정 잘하고 싶었습니다. 그것이 한국 사회가 원하고 강조하는 공정한 평가라고 믿었습니다. 어리숙한 다짐 속에 도전해 보고 싶다는 기쁜 마음 안에는 아이러니하게도 준비 없는 부딪침들이 잘못된 습관을 낳고 그에 대한 책임은 전적으로 저에게 오고 있었습니다.

하지만 나중에 깨달은 사실 속에는 최대한 멀리, 거대한 나라에 가서도 '나'라는 존재와 밤하늘에 별빛은 다르지 않았습니다. 그러나 다르다고 생각한 제 마음만이 있었습니다. 홀로 떠나는 외로운 여행이 앞으로 살아가는 데 필요한 관점을 자연스럽게 넓혀 줄지에 대한 의문도 들었습니다. 아마도 그럴 확률이 아주 높을 것이라 믿습니다. 왜냐하면 웬만한 건 스스로 해결해야 할 각오는 있었습니다. 그럼에도 불구하고 모든 여정이 실패로 끝날 수 있음을 아무것도 느끼지 못한 채 시간만 버리는 삶을 살게 될 수도 있다는 걱정과 함께 그만큼 저를 힘들게 할 수도 있었습니다.

어릴 적 저는 유학을 갈 수 있는 기회가 한 번 있었습니다. 초등학교 6학년이 끝나갈 무렵, 축구 감독님이 "한국에서 축구하기가 싫으면 브라질 유학을 가면 어떻겠냐"고 물어봤습니다. 부모님께서도 언급을 했지만 당시에는 가족과 떨어져 지내는 것을 상상할 수 없었고 이미 강압적인 운동부 생활에 지쳐 있는 상태였습니다. 자유롭게만 자랐던 저는 꽤 강압적인 훈련을 살면서 받아 본 적이 없었습니다. 시간이 지날수록 '축구'라는 것이 시합을 이기기 위한 전쟁으로 비춰지기 시작했습니다. 동시에 어릴 때는 코치의 입맛에 맞는 수동적인 선수가 되는 것을 받아들이지 못했습니다.

결국 중학교 시절 축구부를 그만두고 자신감 넘치고 웃음이 많던 제가 점차 긴장하고 불안감이 극도로 높은 사람으로 바뀌었습니다. 어쩌면 정말 바보 같지만 친구들 앞에서 발표를 해야 할 때면 1주일 전부터 잠을 자지 못했죠. 저는 상처받고 무너져 내렸습니다.

순수했던 친구들이 저에게 더 이상 편한 존재가 아닌 적으로 느껴졌습니다. 어머니에게 용기를 내어 "엄마 나 좀 이상한 것 같아."라고 말한 적도 있었습니다. 사실 자존감이 많이 떨어지는 상태였습니다. 학년이 올라갈수록 방학만 되면 방에서 나오지 않고 무기력하게 잠만 자는 모습이 반복되었고 저 자신에 대한 의지가 전혀 없는 학생이 되었습니다. 이러한 모습을 선생님들도 좋게 보지 않았 고 저 역시 모르게 이 사회에 대한 원망을 느끼게 되었습니다. '내가 이곳만 아니었으면 좋았을 텐데'라는 생각과 함께 사회에 어울리지 않는 사람으로 저를 정의하고 있었습니다.

학창 시절의 공부란 학교를 다님에 있어서 저에게는 최소한의 자존심이었습니다. 축구를 하며 항상 '내가 최고야!'라고 했던 저에게 있어, 성적표 순위가 35등 혹은 37등 '최'이라고 반 게시판에 공개되었을 때는 그동안 느끼지 못했던 묘한 감정을 받았습니다.

가족들은 저를 이상하게 생각했습니다. 공부를 하지도 않으면서 스스로에 대한 걱정은 과하게 한다는 지적을 받았습니다. 차라리 안 하려면 걱정조차 하지 않는 것이 맞는데 저는 주저하고 있었죠.

시간이 지날수록 초등학교 때는 보이던 친구들이 하나씩 보이지 않았습니다. 주변에 공부는 뒤로하고 축구를 즐겨 하던 친구들은 학교 공부에 못 이겨 유학을 가기로 결정했고 간혹 뉴질랜드와 호주 생활은 어떻다는 소식을 엄마 친구들에게 들었습니다.

방학이 되면 기다렸다는 듯이 유학 간 친구들이 한국에 놀러 오곤 했는데 친구들의 영어 실력은 너무도 빠르게 늘어났습니다.

'1년 만에 저렇게 나하고 차이가 벌어지다니…' 그 또한 저는 바라만 보았습니다.

무한한 경쟁사회를 겪는 아이들에게 해 줄 수 있는 말이 많지 않은 걸 알고 있습니다. 마치 누군가 옆에서 총부리를 겨누고 이걸 하지 않으면 죽는다는 생각으로 사는 것이 맞는가 싶었습니다.

세상에서 도태되면 안 된다는 무언의 압박 때문에 적자생존 외에 다른 것은 제대로 생각하고 사고하지 못합니다. 또한 당시에는 세상이 저를 충분히 만족시키지 못한다는 생각에 부정적으로 사고하기 시작했고 불안해했죠.

사실 축구부를 그만두고 공부를 해야 했던 저는 당황스러움을 금치 못했습니다. 누구보다 읽는 속도는 너무나 느렸고 어떠한 과목도 진도를 따라갈 수 없었습니다. 공부를 하지 않고 학교에서 멍하니 있기에는 시간이 너무 길었습니다. 그러나 집에 가서 책을 펴고 공부를 하기엔 책상 앞이 어색하기 짝이 없었죠.

초등학교 시절 책상 발 밑에 공을 두고 서슴없이 발표하던 아이였습니다. 하지만 초등학교에서 중학교로 가는 시기, 몇 년 만에 모든 것이 변했습니다. 종종 선생님들과 어른들에게 "성적이 이렇게 낮아서 뭐나 될 수 있겠어?"라는 말을 듣곤 했습니다. 세가 여데껏 느꼈던 행복이나 감정들도 안타깝지만 등수 표 앞에서는 속수무책이었습니다.

경쟁을 위한 조언의 말들이 점차 저를 주눅 들게 만들었고 세상에 대한 분노로 향하게 되었습니다. 부정적인 생각을 하게 되니 정신적으로 피폐해진 느낌이었습니다. 부모님은 걱정을 하셨고 저 또한 더 이상 이렇게 살아 나갈 수 없었습니다. 하지만 유학 붐이 불었을 당시 아버지의 사업이 어려웠기에 많은 유학비용을 지불할 수도 없었습니다.

그나마 집안에 여유가 있는 친구들이 타지로 떠나는 것을 보며 마음이 흔들렸을 뿐이었죠.

학창 시절 영어는 제가 가장 싫어하는 과목 중 하나였는데, 뿐만 아니라 원어민 수업시간만 되면 입도 뻥긋 안 하고 앉아만 있다가 교실로 들어왔죠. 그런 저를 영어 선생님은 반 평균을 갉아먹는 학생이라고 했고 점점 학교라는 곳도 적응의 문제로 이어지기 시작했습니다. 영어시험 반 최하점을 맞고 바닥을 찍은 그날 고개를 숙인 채 집으로 걸어 들어왔습니다.

그런 제가 영어 공부를 열심히 하기로 마음먹은 계기가 있었습니다. 마냥 현실에서 벗어나고 싶다는 열망과 그로 인한 다른 나라에 대한 호기심 때문이었습니다.

영어 10점대를 맞던 저는 아무런 기초도 없이 CNN 뉴스 책을 구입해 암기하기 시작했고 이해하기도 어려운 영어를 무작정 들었습니다. 고등학생이 되고 선생님이 주는 과제물과 교과서를 통암기했습니다. 그것이 공부법을 전혀 알지 못하는 궁지에 몰린 제가 할 수 있는 최선이었는지 모릅니다.

중학교 시절의 저를 모르고 있던 반 학생들은 고등학교 반 성적만 보며 나름 똑똑한 학생이라고 생각했을지도 모릅니다. 하지만 정작 저는 전혀 그렇게 생각하지 않았지요. 제가 보기엔 주변 친구들이 저보다 훨씬 나았습니다. 단지 그 친구들은 제가 똑똑해지기 위해 또한 더 이상 낙담하고 싶지 않아서 스스로 처절한 싸움을 하고 있다는 것을 몰랐습니다. 단순히 저에게 주어진 극심한 우울감을 힘으로 전환하고자 했습니다.

세상에 대한 소식을 들으면서도 누구보다 애국심 하나는 남에게 뒤지지 않고 대한민국이 최고라고 생각했지만, 저편 어딘가에는 제가 모르는 세상이 있을 것 같다는 생각을 멈출 수 없었습니다. 아니면 세상에 대한 분노를 합리화하기 위한 저만의 어리석은 방식일지도 모릅니다.

고등학교가 시작되던 때 처음 시험에서 반 2등을 할 수 있었고 고등학교 2학년이 된 시점에는 부족한 과목이던 영어점수를 만점 맞기 시작했습니다. 다시 말하지만, 결코 제 실력이 뛰어나서가 아닙니다. 단순히 무시당하기 싫어서 저도 투쟁을 할 수 있는 인간이라는 것을 보이고 싶었습니다.

방학 때가 되면 소위 말하는 감옥 같은 스파르타 '기숙사 학원'에 들어가서 저 자신을 스스로 통제하기 시작했습니다. 저를 실시간으로 감시하며 긴장이 풀리는 것을 극도로 경계하기 시작했습니다.

그 와중에도 저에게는 주변 사람에게 말하지 않은 어려운 궁극적인 목적이 생겨났습니다. 다름 아닌 '이 시기만 지나면 멀리 떠난다'는 외로운 다짐이었죠. 20대에 들어 유학을 떠나게 된 것은, 어쩌면 중요한 시기에 너무 극단적으로 포기와 성취를 반복했던 삶에 극심한 답답함을 느꼈기 때문이었습니다. 그래서 어딘가로 떠나면 많은 것이 해결될 것이라는 생각이 몰려왔습니다. 결국 군 전역 후, 미국으로 가기로 결심했지요.

유학원 직원분이 여러 도시의 장단점을 설명해 주면서 어디로 가고 싶은지를 물었습니다. 저는 한국인이 적은 곳을 고르고 싶었습니다. 무조건 한국인이 없어야 영어 배우기가 수월하다고 어디서 본 것 같았습니다. 충동적인 성격상 부딪쳐 봐야 직성이 풀렸던 저는 바로 마음먹었습니다. 태생인지 순진한 건지 아니면 생각이 없는 건지 알 수가 없지만요.

막상 현지에 도착하면서도 두려움도 잊을 만큼 정신이 없었습니다. 공항에서 겨우 숙소에 들어와 처음으로 든 생각은 피곤한데 밖을 나갈지 여부였습니다.

학원이나 길거리에서 유창하게 영어를 사용하고 모르는 사람과 거침없는 입담을 하고 싶었습니다.

주마다 새롭게 학원에 찾아오는 유럽 학생들과 다양한 국적의 친구들을 만나면서 완벽한 영어 실력이 그다지 중요하지 않다는 것을 깨달았습니다. 하지만 그보다 더 중요한 것이 있었습니다. 이들은 거침없이 자신의 생각을 표현하고 자신을 어필하는 방법을 터득한 것 같았습니다. 언어는 도구에 불구했죠.

완벽하지 않으면 틀린 것이라고 생각한 날과는 달리 미국 교실에서 실수와 다름은 아주 자연스러운 것이었습니다.

RENT
516-984-3433
CLEANERS
PEKING DUCK HOUSE
PARK

NO TRESPASSING
VIOLATORS WILL BE
CITED PER SEC 27174
STREETS & HIGHWAYS CODE

굿모닝
마이애미!

RIP CURRENTS
BEACH WARNING FLAGS
Water Closed to Public
High Hazard
Medium Hazard
Low Hazard
Dangerous Marine Life
MIAMI BEACH

마이애미에 도착해서 공항으로 향했습니다. 처음 가는 미국, 낯선 문화, 그리고 다가올 어려움에 떨림이 컸지만 결국에는 그 값을 치를 거라고 생각했습니다.

입국 심사에서 잘되지 않는 영어를 구사하며 몇 달을 머물게 될 것이라고 말했지만 당시 기억으로는 입국심사관이 일부러 제 말을 못 알아듣는 것처럼 행동했던 것 같았습니다. 계속해서 항공권에 나와 있는 기간이 4일이 아니냐며 되물어봤습니다.

이 과정에서 '내가 무시당하나?'라는 생각과 해외에서 벌써부터 벌벌거리는 제가 한심해 보였습니다.

'영어를 못하면 어떠나'라는 생각이 머릿속에 있음에도 불구하고 저의 무의식적인 반응은 숨길 수기 없었습니다.

입국심사를 거쳐 마이애미에 도착한 후, 기숙사 체크인을 하는 동안 본 사람들의 밝은 표정과 긍정적인 모습에 놀랐습니다. 정말 다양한 인종이 함께 어울려 살고 있었죠. 얘기로 듣던 것처럼 한국인들이 적었습니다. 휴양지로 유명한 마이애미는 여행을 하기 위해 가는 곳이라는 인식이 강했습니다.

사실 마이애미는 라틴 아메리카 문화가 강한 지역으로 언어나 문화적인 차이로 인해 한국 유학생들이 선호하는 지역은 아닌 것 같았습니다.

마침내 기숙사 호텔에 도착했을 때는 2인실 두 개, 1인실 한 개의 5명의 다양한 국적의 룸메이트와 함께 생활하게 되었습니다.

한 기숙사에서 남녀가 같이 생활하는 것에 있어 서양인들은 이를 당연하게 생각했습니다. 하지만 보수적인 성향인 저는 이성친구와 함께 있을 때는 행동거지를 조심해야 한다는 생각에 은근히 신경 쓰이곤 했었죠.

한번은 프랑스 여자 학생이 제 기숙사 아파트에 들어올 때 오만 가지 생각이 스쳐갔습니다. 마치 오지 말아야 할 사람이 온 것처럼 "네가 내 룸메이트니?" 하며 물어봤죠. 오히려 그 학생은 아주 여유로운 표정으로 대답했습니다. "응, 만나서 반가워."

저는 외국에 대한 환상이 말로 다 하지 못할 정도로 컸습니다. 그래서 이곳에 왔지만 때론 많지 않은 한국인 친구들이 있어서 다행이라고 느꼈습니다. 그들의 존재는 위로와 격려를 주었습니다.

아닌 척하더라도 타지에서의 외로움은 숨길 수가 없었습니다. 낯선 공간을 걸어 다니지만 갑작스레 찾아오는 마음의 공허함은 피할 수 없었죠.

‘사람 사는 곳 다 비슷하겠지?’라고 생각할 수 있지만 그런 작은 차이들 때문에 서로 오해하기도 하며 그로 인해 외국에서도 서로 맞는 사람끼리만 같이 다니는 경우가 많았습니다.

한 가지, 제가 보는 외국 친구들은 무엇보다 사람들을 덜 의식한다는 느낌을 받았습니다. 이렇게 말하면 외국 사람들은 눈치를 안 본다고 생각할지 모르지만 그 범위가 한국에 비해 상대적으로 좁았던 것 같습니다. 이곳에서 간혹 나이와 선후배 관계에 대해 신경을 쓰는 사람들은 그다지 환영받지 못할뿐더러 문화 차이에서 오는 문제로 적응하기가 수월하지 않았습니다.

제가 갖고 있는 사고 방식은 친구를 만드는 데 방해요소라는 것을 느끼는 데 오래 걸리지 않았습니다. 문화, 언어, 얼굴이 다르기에 오는 차이는 지극히 자연스러운 것이었습니다. 저는 최대한 다가가기로 마음먹었습니다. 오래간 쌓여 온 정서로는 처음 외국인들의 문화를 쉽게 이해하기가, 몸으로 모든 것을 받아들이기가 힘들었지만 다행히 그 과정이 전혀 싫지 않았습니다.

처음 학원 오리엔테이션에 참여했을 때, 나이가 비슷한 것 같은 다양한 국적의 학생들이 있어서 그런지 서로를 살펴보는 재미있는 순간이었습니다. 어린 남녀답게 서로를 쳐다보며 예쁘고 멋있는 학생들을 찾아보는 것 같았죠. 몇몇의 유럽 학생들이 갑작스럽게 다가와서 “좋아하는 여자가 있냐”는 말에 이성에 대해 익숙하지 않았던 저는 “잘 모르겠다”라고 대답했습니다. 22살 모태솔로였던 저는 여

자의 존재에 거리감을 느끼고 있었습니다.

비록 첫 시간이었지만 서로를 알아 가는 과정에서 사랑이 싹트는 경우도 있었다는 것을 보며 괜히 하이틴 드라마의 러브스토리가 머리를 스쳤지요.

무엇보다 외국 생활은 제가 갖고 있는 편견을 버리도록 만들었고 편협한 사고방식을 최대한 부수는 역할을 했습니다.

알고 있었죠, 유학만으로는 해외 생활 전반을 평가하기 어렵겠지만 오랫동안 한국에만 머물렀던 저는 이곳에서 다양한 문화와의 교감을 통해 많은 것을 배우고 성장할 수 있었습니다. 제가 미국에 오래 머물면서도 그들처럼 생각하고 사고하는 데에는 꽤나 많은 시간이 필요할 것을 알면서도 말입니다.

저의 몸은 머나먼 마이애미에 있었고 때로는 '에스파뇰' 거리를 걷는 것이 신기하기도 했습니다. 그러나 아직 그곳에 있다는 것이 낯설었고 파티 문화 또한 어색하게 느껴졌습니다. 무엇보다도 하루 종일 영어로 생각하는 것이 힘들었습니다.

다시 학원을 얘기하자면 오리엔테이션 이후에는 레벨 테스트가 바로 시작되었습니다. 필요시에는 학생들은 자유롭게 반을 옮길 수 있었습니다. 반 레벨이 높아도 낮아도 우쭐거릴 필요가 없었습니다.

시험은 문법과 영어 문장 채우기로 나왔는데 기초가 전혀 없었기에 쉬운 문제도 답을 적지 못하고 애매하게 적어 제출했습니다.

애매한 답은 답일 수가 없었습니다. 역시나 저는 밑에서 두 번째 초급 반인 Elementary class에 배정되었습니다. 한국인들은 주로 중급반인 Intermediate class에 가지만 기초가 부족하거나 영어를 하지 않은 학생들은 초급반에 배치되곤 했습니다. 반 배정에 대해서 의아했지만 저의 실력을 인정해야 했지요.

수업을 시작한 지 한 달이 지난 무렵, 간혹 교실 안에서 선글라스를 쓰고 있는 학생을 보기도 했습니다. 개성이 다양했지만 누구도 인상을 찌푸리지 않았습니다. 생각해 보니 초등학교 시절 순수했던 저는 눈치 없이 발표를 하곤 했지만 눈살을 찌푸린 친구들은 많이 없었습니다. 이상하게 마치 그때 그 시절로 돌아간 느낌이 들었죠.

한 가지 공통점은 다들 행복해 보였습니다. '왜 이렇게 아침부터 이들은 기분이 좋은 걸까?' 심지어 자신감이 넘치는 한 학생은 자신은 이혼을 두 번 했다고 당당하게 말해서 놀랐습니다.

어떤 한국 친구들은 간혹 저를 보며 "다시 돌아가서 살려면 여기 와서 공부 소홀히 하지 말고 집중해야지"라는 충고를 하곤 했습니다.

'뭐가 잘났다고 조언을 하지?' 기분이 나쁘기도 했습니다. 아마도 너무 돌아치는 저의 모습이 보기 안 좋았나 봅니다.

어쩌면 우리는 비자가 끝나고 다시 돌아가 이곳에서 배운 영어로 경쟁사회로 뛰어들어가야 했습니다. 그러나 저는 다시 돌아가지 않을 것처럼 생활하고 있었습니다.

자유를 맛볼 수 있다는 이 나라에서 최대한 웃으며 말하고 듣고 사람들과 교감하기를 원했습니다.

많은 외국인을 만나려고 노력했고 이를 위해 펍이나 스포츠 모임 등 어디든지 가려고 했습니다. 이제껏 질렸던 책상 앞 공부를 하고 싶지 않았습니다.

다시 학원으로 돌아가지면 학생들의 나이와 국적은 전부 달랐습니다. 다른 배경, 환경에서 온 다양한 학생들이어서 그런지 다들 문화마다 공통점과 차이점이 보였고 성격 또한 다양했습니다.

신기하지만 국가마다 공통점으로 보이는 성격의 차이점도 발견할 수 있었습니다. 과도하게 눈치를 보는 저와는 많이 다르기도 했지요.

또한 많은 학생들의 이야기에 공감해 주시는 마이애미 선생님들은 친근한 성격과 유머러스함으로 모든 학생들과 잘 어울렸습니다. 심지어 너무 교실이 활기차서 자칫 노력해서 말하지 않으면 안 됐습니다.

그렇지 않으면 말수가 많은 학생들 사이에서 말할 타이밍을 제대로 잡기가 힘들었죠.

간혹, 선생님들은 제가 기대했던 만큼 아시아 문화를 잘 이해하지 못하는 경우도 있었습니다. 주로 유럽이나 남미에 관심이 많은 선생님들이 많아서 수업의 분위기나 토픽이 그쪽으로 쏠릴 가능성도 있었습니다. 때로는 말수가 줄어들거나 소외감을 느낀 학생들도 있을 수 있습니다. 말수가 많은 유럽인들과는 달리 수업시간에 다소 조용한 동양권 학생들에게 질문을 던지려고 노력하시지만 쉽지 않은 부분도 있었습니다.

Ma
THE
MARLIN BEACHSIDE
Boutique Apart'Hotel
OFFICE
2
1

un

예술적
감동을
못 느끼는 '나'

M
ELEVEN
VODKA
ELEVEN

이상할지 모르지만, 저는 예술적 감성을 잘 느끼는 사람이 아니었죠. 무언가 자극이 있어야 큰 동기를 얻고 그 분노를 이용해 살아가는 사람에 가까웠습니다.

친구들 덕분에 이곳저곳을 따라다니지만 정작 저에게 오는 것은 피로감뿐이었습니다.

'돈이 들어가는 것도 아닌데 왜 이리 재미가 없을까?' 하지만 싫은 건 싫은 거였죠. 평소에 스트레스를 받을까 봐 혹은 긴장하는 저 자신이 싫어 밀려오는 감정에도 항상 무감각하려고 노력했던 대가인 것 같습니다.

두려움이나 즐거운 감정을 어느 순간부터 감추기 시작했습니다. 결과를 얻기 위해 들뜨면 안 된다는 생각 아래 단순한 즐거움을 거부했고 상처받지 않기 위해 울부짖는 감정을 무시했습니다. 나름 작은 것에 행복을 느끼기 위한 제가 되기 위해 고군분투했지만 쉽지 않았지요.

WYNWOOD WALLS

POOF

HOES CORP.
ESALE · IMPORT
TOS POR MAYOR
FASHION SHOES
SH
REC

평생 별로 가 본 적 없는 미술관이라는 공간에 갔을 때는 다소 이상하고 추상적인 그림이 벽에 그려져 있었습니다.

"엥, 이게 뭐지?" 무슨 일인지 제가 아는 한국인도 같은 생각을 했습니다. 비슷한 배경을 가진 사람들은 신기하게 성격이 같아도 꽤나 같았죠, 아니면 감정에 목말랐습니다. '에이, 이런 거 봐서 뭐 해?' 그래서 제가 할 수 있는 것은 그냥 많은 사진을 찍는 것뿐이었습니다.

사진을 찍으려 하니 장난스러운 스위스 친구들이 다양한 포즈를 하길래 따라 했는데 소심하면서 좀 과했습니다. 어린 시절에는 재밌는 표정을 하고 사진을 찍곤 했는데 오랜만이었습니다. 몸은 다 큰 성인일지 모르지만 가능한 한 천진난만하고 싶었죠.

가끔은 많은 사람들이 얘기하는 "철들어야 한다"라는 말의 절대적인 기준을 알 수 없었습니다.

각양각색의 사람들이 나이가 먹었다는 이유로 단지 말 한마디 안에 그것을 충족시킬 수 있을까? 진지한 사람이 된다는 건 무엇일까? 인생의 쓴맛을 느끼고 세상이 충분히 어렵다는 걸 알아서 상황에 맞는 웃음을 지어야 하는 걸까? 가끔은 사진이 무조건 멋있게 나올 필요도 없었습니다. 못생기게 나와도 괜찮습니다. 있는 그대로의 모습, 그게 저 자신입니다.

최대한 바깥 활동을 하기 위해 노력하고 대화하려고 했습니다. 하지만 많은 유학생들이 느끼는 것처럼 몇 개월 동안 매일 똑같은 문장을 반복하는 듯한 느낌에 지칠 때도 있었습니다. 아는 영어 문장이 그리 많지 않았기 때문입니다.

반복적으로 학원에서 돌아와 영어 드라마의 자막을 받아 적고 외우는 연습을 꾸준히 했지만 구사할 수 있는 영어는 똑같다는 생각이 들었고 유학이라는 비용 대비에 의문이 들었죠. 정서가 맞지 않는 부분은 노력으로 어느 정도 극복이 가능했지만 저의 언어 전달 능력은 마치 제3자를 통해 느리게 전해지는 기분이었습니다.

그렇게 3개월이란 시간이 빠르게 지나갔고 답답했지만 한국말을 거의 사용하지 못했습니다. 마이애미에서는 동양인과 한국인을 보기가 힘들기에 모국어를 쓸 수 있는 기회도 많이 없었지요. 제가 생각하는 한국인이 없어서 힘들었던 때는 가끔은 외국 친구들과의 공감과 웃음 코드를 잘 이해하지 못할 때였습니다.

시간이 지나며 깨달았습니다. 뭐든 그렇지만 의사소통에서 가장 중요한 것은 대화를 하고자 하는 능동적인 마음이었습니다. 심지어 언어가 같더라도 서로의 마음이 다르다면 대화에 정성이 느껴지지 않습니다.

바디 랭귀지를 하더라도 진심으로 상대방을 대한다면 서로가 언어를 몰라도 통할 수 있었죠. 서로 격려하고 박수를 치는 것, 그렇기에 언어 장벽은 그런 요소 중 하나였습니다. 피부색 또한 많은 편견 중의 하나였죠.

대화 상대와의 충분한 공통관심사가 없다면 공감의 마음을 얻기

는 쉽지 않았습니다. 굳이 말을 하지 않아도 느끼는 공통분모들은 최소한 인간관계의 연결고리였습니다.

학원에서는 매주 스포츠, 액티비티가 있어서 말이 통하지 않을 때는 축구를 통해 외국인 친구들과 몸으로 소통하면서 배우는 것도 좋은 방법 중 하나였습니다.

축구라는 공통적인 놀이를 통해 서로의 성격을 금방 파악할 수 있었습니다. 스포츠는 몸으로 하는 언어였기 때문에 서로를 더 잘 알아 갈 수 있었고 못해도 좋은 팀을 만들어서 같이 놀 수 있었습니다. 그로 인해 자연스럽게 저녁을 같이하며 좋은 인간관계도 형성됐습니다. 어릴 적 축구부에 속해 있었던 저는 다른 나라 친구들의 축구 실력이 궁금했는데 예상대로 독일이나 남미 출신의 친구들의 축구 실력이 정말 놀라웠습니다.

솔직히 말하면 가끔 한국 학생들이 영어공부에 집중하기 위해 다른 한국인을 피하고 활동을 자제하기도 했습니다. 하지만 이렇게 다른 사람을 자주 피한다고 해결되는 문제는 아니었습니다. 열심히 하는 것도 중요하지만 때로는 자신이 받아들일 수 있는 수준에서 다양한 경험을 즐기는 것도 필요했습니다.

저에게 축구란 시간이 지나도 여전한 스포츠였습니다. 마이애미에 온 후, 친구들과 함께 축구를 하면서 살아 있는 기분을 느낄 수 있었습니다. 축구장 안에서는 많은 일이 일어났습니다. 예전에는 훈련을 마치면 힘들어서 온 정신이 무너지는 것 같았던 지난날과 달리 같은 운동을 하면서도 외국에서 울적한 마음을 통째로 날렸습니다.

대략 5시쯤이 되자 어둠이 찾아왔습니다. 운동을 끝내며 숨이 차오를 때 우연히 노을을 보자 정말 아름답다고 느꼈습니다. 낯선 이곳에서 지치도록 축구를 하고 사진을 찍었습니다. 사실 웃통을 벗은 이유는 팀을 나누기 위해서였습니다.

세계 어딜 가든, 힘이 넘치는 젊은 친구들은 역시 비슷하죠. 일부러 다들 사진을 의식해서 배에 힘을 주었습니다. 유치할지 모르지만 사진의 콘셉트는 남자답게 뒷모습을 찍는 것이었습니다.

www.ecenglish.com

사실 사람 사는 세상인지라 피할 수 없는 차별을 겪기도 했습니다. 마이애미에서는 다양한 인종이 살고 있었기에 그런 일이 일어날까 싶었지만 갑자기 저희를 향해 큰 소리로 '성룡' 배우를 지칭하여 비하하는 말을 한 사람도 있었고 처음 보는 사람이 "성룡 아들이냐?"라는 말을 서슴없이 하기도 했죠.

'세상에 대해 너무 모르는 것이 아닌가?'라는 생각도 들었지만 다행히 그런 사람들은 극히 드물었습니다. 이러한 경험을 통해 서로 다른 인종이 함께하는 환경에서 차별을 완전히 없애기는 쉽지 않다는 것도 알았습니다.

무술을 하진 않았지만 평소에 저는 운동을 게을리하지 않았지요. 매일 헬스장에 내려가서 근력 운동을 하는 것을 즐겼는데 시설은 정말 할 말이 없었습니다. 기숙사 10층에는 야외 사우나가 있었고 지하에는 헬스장이 있었기에 운동하고 올라가 근육을 뽐내기에는 최적의 장소였습니다.

순수한 목적의 운동을 하면서도 은근히 남들에게 보여 주기 위해 혹 은 다른 인종에게도 남성미에서 뒤지고 싶지 않다는 생각에 운동에 집착했던 것 같습니다.

사실 동양권에서는 운동한다면 '살을 뺀다'라는 의미가 강하게 있는데 서양에서는 특히 남자들 사이에서는 마초적인 느낌의 꽤 많은 양의 근력을 늘리는 것에 집중하는 것 같았습니다. 사소한 것에서부터 동서양에는 보이지 않는 차이점이 있었고 그것을 받아들이기 위해 노력해야 했죠.

그럼에도 다양한 인종 중에 저는 브라질 친구들과 자주 어울렸는데 그들에게는 특별한 매력이 있었습니다.

서로를 지나치게 견제하는 한국 사회와는 달리 그곳 남미 사람들의 특유의 흥과 친근함이 너무 좋았습니다. 한번은 친구들의 초대를 받아 집에서 다 같이 노래를 부르며 다른 문화권 사람들이 즐기는 방식도 느꼈죠.

편협한 사고방식과 각박한 사회에 살았던 저에게 또 다른 감정을 느끼게 했습니다. 인간관계를 맺는 것에 거침이 없던 남미 사람들은 대화할 때도 특유의 순수한 여유로움이 묻어나왔습니다. 확실히 각 나라마다 성격적인 특성도 있지만 개인의 자유로움을 존중하는 문화가 그들에게 많은 영향을 미치는 것 같았습니다.

처음 본 브라질 음식을 먹었습니다. 정말 괜찮았습니다.

혹여나 입맛에 맞지 않더라도 상관없었습니다. 다른 문화의 음식을 같이 공유하고 대화하는 것은 저에게 먹는 것 이상의 의미입니다.

기억에 남는 한 브라질 친구는 항상 작은 것에 감사를 느낄 줄 아는 좋은 사람이었습니다. 그는 긴 시간 돈을 아끼기 위해 클럽이나 펍을 가지 않았지만 충분히 행복할 수 있다고 얘기하곤 했습니다.

사실 돈이 없으면 당장 세상이 고통이라고 생각될 수 있습니다. 하지만 더 불행한 것은 현재의 객관적 상황을 외면하는 것이라고 느꼈습니다.

때로는 남들이 알아주지 않더라도 본인의 처지에 따라 만족하는 삶도 필요했죠.

마이애미라는 매일 값비싼 파티가 열리는 공간에서도 꼭 많은 걸 소비해야 친구를 만들 수 있는 것은 아니었습니다. 그 머나먼 곳에서도 그냥 대화하고 웃으면 친구가 됐죠. 부유하든 가난하든 언제나 삶을 지속해 갈 수 있는 마음이 중요했습니다.

＊　＊　＊

매일 마이애미에서 해변으로 놀러 가는 것은 유학 생활의 절반을 차지하는 것 같았습니다.

학원과 해변은 매우 가까이 위치하고 있으며 많은 유럽 친구들은 피부가 건강해 보이기 위해 자주 해변에서 태닝을 즐기곤 했습니다.

서양인들은 흔히 피부가 검고 건강해 보이는 것을 좋아하는 반면에 동양인들은 피부가 하얀 것을 선호하는 경향이 있는 것 같습니다. 제 룸메이트는 독일 백인이었는데 좀처럼 타지 않는 피부를 일부러 태우려고 노력했습니다. 반면에 저는 너무 빨리도 피부가 탔지요.

어떤 이유에서인지 서양인 친구들은 해변을 정말 좋아했습니다. 가끔은 학교 대신 해변으로 가는 섯일지도 모르겠다는 생각도 들 정도로 학생들의 복장은 전형적인 비치웨어였죠.

제 룸메이트들은 대부분 독일 출신이었는데 항상 장난기가 많았고 굳이 외출을 잘 하지 않으려는 저에게 "인생은 매일 행복해야 한다”라고 가끔 농담하곤 했습니다.

저와 한국 친구들은 “왜 저녁 파티에 자주 참석하지 않는다”고 물어보며 우리들이 게으른 것 같다고 했습니다. 저는 파티에 참석하더라도 잘 놀지 않으려는 경향이 있었습니다. 아니, 어떻게 노는지조차 어색한 것에 가까웠죠. 그러한 이유를 굳이 찾으면 제가 자라 온 환경은 이랬습니다.

예전에는 수업을 마치고 돌아오면 친구들과 밖으로 나가서 저녁까지 뛰어놀았습니다. 전화를 돌릴 필요가 없이 아파트 높은 곳에서 내려다보며 친구들이 있는지 확인했죠. 또한 모두가 알고 있는 ‘얼음 땡’ 놀이를 축구공을 이용한 ‘축구공 얼음 땡’ 방식으로 만들어서 친구들에게 알려 줄 정도였으니까요. 그만큼 노는 것에 있어서는 자신 있었습니다.

그것도 제 인생을 운동부를 들어가기 전과 후로 많이 달라졌습니다. 어느 순간부터 의욕이 떨어지고 감정이 심각하게 무뎌져 갔죠. 처음 느껴 보는 이상한 불안감이었습니다.

심지어 제주도에서 어머니의 갑작스러운 방문과 반가운 목소리에도 저의 자신 없는 웃음은 볼에 경련을 일으켰습니다.

어머니께서 제주도 동계훈련까지 찾아왔을 때는 이미 많은 상처를 받은 후였습니다.

코치에게 “호박 샐러드를 먹지 못해서 죄송하다”고 했을 때, “표정 이 맘에 안 든다”며 폭언을 들었던 일, 시합에서 패배하고 받게

된 육체적인 처벌들을 받고도 반항조차 못 하는 친구들의 모습을 보며 무기력함을 느꼈습니다.

그래서인지 시간이 지날수록 사람들과의 즐거운 공간도 어색해진 것 같습니다. 하지만 그때는 그 누구에게 애기하기가 힘들었습니다. 생계를 위해서 고생하시는 부모님, 고철 장사를 하셔서 아버지는 언제나 피곤하셨죠.

마이애미 어학원에 가면 초등학교 시절 느꼈던 순수했던 감성들이 떠올랐습니다. 커 가면서 유치하다고 느꼈던 다양한 활동들, 활짝 웃고 있는 20대 학생들의 재미있는 사진이 여기저기 붙어 있습니다. '음, 그렇지. 굳이 성인이라고 심각할 필요는 없지.' 마이애미 기숙사에서 가장 좋았던 점은 10층에 야외 온천이 있다는 것이었습니다. 독일 룸메이트가 매일 그곳에 가자고 할 정도로 하루의 피로를 풀기에는 최고였습니다. "You want? What? Again? 사우나?" 일과를 끝내고 친구들과 수영을 하고 온탕에 들어가 잡담을 하고 놀았죠.

마이애미에 도착하기 전, 피부 트러블로 인해 고생을 하고 있었습니다. 뒤에 드러난 빨간 점들은 징그럽기도 했죠.

피부과를 신뢰하던 저였지만 유명한 곳에 가도 잘 낫지 않았습니다. 많은 기간이 지나도 없어지지 않았고 증상은 심해져만 갔지요.

스트레스를 받으면 더 심해지곤 했습니다. 마이애미에서 웃통을 벗을 일이 많은데 피부 때문에 흉측해 보이면 안 된다는 생각이 들었습니다.

이곳에서 몇 개월이 지난 후, 빨간 점들은 없어졌고 대신 피부가 건강하게 어두워졌습니다. 더웠지만 매일 햇볕을 쬐고 좋은 물에 몸을 담그니 안 좋아질 수가 없었던 것 같았습니다.

플로리다를 여행하다가 큰 애완견들이 많아서 정말 놀랐습니다. 다소 아파트에 많이 사는 한국에서는 소음 문제 때문에 큰 강아지가 많이 없거든요.

미국에서는 땅이 넓어서 집 안이나 마당에서 기르기에 최적이었죠. 지나가는 강아지를 보며 이름을 물어보는 미국 사람들이 신기할 정도로 사람들에게는 이곳의 동물에 진심이었습니다.

마이애미에서 버스를 타고 몇 시간을 가니 키웨스트라는 지역이 나왔습니다. 마이애미에서 더 동쪽으로 내려가면 제일 끝에 있는 곳이었는데 작은 기념물 '남단 종'은 해안가의 최남단 지점에 위치해 있어 일반적으로 지역의 관광 명소로 인기가 많았습니다. 심시어 그곳에서 쿠바 땅을 볼 수도 있었죠.

정신없이 신나는 마음으로 수상 스포츠를 즐기러 보트에 앉아 있는 그 순간

주머니를 뒤져 보니 무언가 허전한 느낌과 함께 휴대폰을 바다에 떨어뜨린 것을 깨달았습니다. 그곳에는 지난 추억이 담긴 모든 것이 있었는데 그 순간 머리가 멍해졌습니다. 스스로도 황당해서 일어서고 움직이는 것이 어려울 정도로 패닉이 왔었죠.

그런 와중에도 보트 안에서 마실 것을 들고 있었습니다. 맥주는 우리가 준비한 것이 아니라 모르는 관광객이 준 것이었습니다. 그 관광객은 행복한 표정으로 맥주병을 들고 와서 보트에 있는 모든 사람들에게 컵을 나눠 주었죠.

UNIVERSAL
ORLANDO RESORT™

Perkins
RESTAURANT
& BAKERY
Perkins
Perkins

다른 언어로 솔직한 감정을 전달하는 것은 정말 어려웠습니다. 마치 3개월 동안 묵언 수행을 하는 것 같으면서 저도 모르게 허전한 기분과 한국이 그리워지고 있었습니다.

갑자기 학원 선생님께서 수업 중에 저를 불러들였습니다. 저는 슬픔에 빠져 있는 선생님을 쳐다보았지만 무슨 일인지 전혀 알 수 없었습니다.

할머니와 저는 평생을 함께한 어머니 같은 분이셨고 말을 안 듣는 저를 보듬어 주시던 소중한 분이셨습니다. 그렇게 의욕이 넘치시고 건강하신 할머니였지만 갑작스러운 말기 암 진단과 함께 누군가를 떠나보내야 하는 것에 세월의 무기력함을 느꼈죠.

이곳에서 저는 행복한 경험을 누리고 있었지만 동시에 같은 시간 다른 곳에서 누군가는 하루하루 아픔을 견뎌 내고 있을지 모른다는 생각이 들었습니다. 어쩌면 저는 이기적인 사람입니다.

미국을 갈 때는 돌아올 때 모든 것이 제자리에 있을 것으로 알고 떠났습니다. 소중한 가족들 앞에서도 저의 행복을 위해서 뒤도 돌아보지 않고 비행기를 탔죠.

살면서 저음으로 임종이라는 것을 실감했습니다. 서양에서는 죽음이 하늘나라에 가는 것이라는 느낌이 강한 반면 동양에서는 윤회 사상과 같은 철학적 의미가 있을 것 같았습니다.

이에 대해, 할머니가 고통과 굶주림을 겪던 시절이 아닌 본인의 꿈을 이룰 수 있는 행복한 곳에서 다시 태어날 수 있지 않을까 하는 바람이 있습니다.

한국에 돌아오게 되고 할머니의 상황을 처음으로 알게 되었을 때는 충격적이었습니다. 가족들은 할머니에게 말기 암에 걸렸다는 사실을 직접적으로 얘기하지 않았고 의사는 이미 고칠 수 없는 말기 암이라는 것을 알기에 3주 정도의 시간이 남았다는 것을 말해 주었습니다.

그 3주간의 얘기는 하지 않으려고 합니다. 암이라는 무서움과 죽음의 고통은 이제 막 세상을 향해서 나아가는 저와는 반대되는 이야기일 수도 있습니다. 하지만 그것도 소중한 할머니의 삶이었습니다. 장례가 끝난 후에 남은 마이애미 생활을 정리하고 뉴욕으로 떠나게 되었습니다.

＊　＊　＊

지금까지 살아가면서 극도로 걱정한 순간으로는 군대 입대 날과 미국에 처음 도착한 날이었습니다. 어떤 두려움인지는 정확히 모르겠지만 제 심장 박동이 그것을 알려 주고 있었습니다.

저에게는 불안감이 높아질 때 머리가 핑 돌고 모든 행동이 정지되는 느낌이 있습니다. 하고 싶어도 긴장을 하면 몸이 정지가 되는 느낌은 진절머리가 났죠.

하지만 결론은 결국 하나로 좁혀집니다. '일단 부딪혀 보자'는 말을 믿었습니다. 그렇지 않으면 안 되었습니다. 미래에 대한 책임은 뒷전이었습니다. 준비도 없이 도착하여 저를 그 상황에 넣어 버리면 무엇이든 이뤄질 것 같았습니다. 패기 넘치는 생각은 마치 마법처럼 극한으로 이끌 수 있다고 믿었습니다.

마음의 두려움을 수용할 준비가 안 됐지만 남들이 은연중에 심어준, 뭐든 하면 된다는 말에 의존하기로 마음먹었습니다.

바보처럼 B플랜도 여전히 남겨 두었죠. "뭐든 지나치면 안 좋은 것 아닌가?"

제가 무엇을 행동하든 그에 따른 결과는 나오겠지만 좋은 결과만을 보장할 수 없었습니다. 책임을 감당할 수 있어야 했습니다.

사람은 태어날 때 천성이 그렇든지 환경적인 요인으로 인해 세상에 적응하지 못할 때 뜻하지 않은 좌절감을 느낍니다.

내적인 무언가를 이겨 내고 싶어 미국에 온 저 자신을 원망할 수는 없었습니다. 저도 외국인과의 대화가 어색해서 자연스러워지려고 노력했지만 때론 지쳐서 무기력한 표정을 짓기도 했습니다. 그런 사소한 시도조차 무섭기 그지없었습니다.

저에게 세상은 한없이 거대했고 어느 순간에 비행기라는 물체를 이용해서 떨어진 기분이었죠.

ONE WAY
West 42nd St
Fifth Ave
EXCEPT BUSES
ASTOR TRVST

ONE WAY
West 42nd St
Fifth Ave
EXCEPT BUSES
ASTOR T

바보 유학생의
행복을 찾아서

뉴욕에 갖고 있는 환상

말로만 들었지 실감나지 않았습니다. 엄청난 도시이고 많은 발전을 했다고 느꼈지만 1950년대 영상을 보자 그때와 크게 다르지 않다는 것을 보니 더욱 신기했습니다.

마이애미와는 정반대일 것이라는 기대감을 안고 갔습니다. 모르는 사람과 말을 하고 인사를 하는 마이애미에 있던 저는 다시 바쁜 현실로 돌아온 느낌이었습니다. 문화적으로는 뉴욕은 다양한 인종, 언어, 문화가 공존하는 대도시입니다. 반면 마이애미는 라틴 문화가 짙게 물씬 풍기는 도시로 스페인어가 주로 사용되었죠. 저는 그동안 라틴 국가에 있는 것과 같았을지도 모릅니다. 돌이켜보면 레스토랑에서 계산을 하고 나올 때 스페인어로 인사하곤 했습니다. 지리적, 문화적, 기후적 차이로 인해 뉴욕과 마이애미는 서로 다른 매력을 가지고 있었습니다.

걷다 보니 거대한 광장이 나왔습니다. "이게 뭐지?" 타임스퀘어에 가 보니 어찌나 이것저것 번쩍이는 곳이 많은지 뉴욕이란 곳은 정말

거대했습니다. 높은 빌딩이 많은 도시에 살던 저도 타임스퀘어의 웅
장함과 수많은 광고판에 놀랐죠. 지하철은 24시간 운행을 하고 있
었으며 어디든 쉽게 도착할 수 있었습니다. TV에서만 보던 뉴욕에
갈 수 있다니 좋았지만 한편으로는 너무 비싼 물가 탓에 걱정이 되
기도 했죠.

   물가는 정말 엄청났습니다. 중심가에서 떨어진 곳에서 집을 구하
면 그나마 마이애미와 비슷했지만 중심가 원룸식 기숙사는 보통 한
달에 200만 원이 훌쩍 넘었습니다.

예를 들어 맨해튼의 상위 지역이나 브루클린의 일부 지역에서는 한 달에 몇천 달러에서 수만 달러까지 월세가 나올 수 있습니다.

그나마 뉴욕시의 일부 지역에서는 상대적으로 더 저렴한 월세를 찾을 수도 있습니다. 퀸즈의 일부 지역이나 브롱크스 등의 지역에서는 월세가 상대적으로 낮았죠. 다행인지 지하철이 24시간이라 불편함 없이 외곽으로 쉽게 이동할 수 있었습니다.

음식은 보통 한 끼에 적어도 10달러가 넘었으며 팁을 15% 정도 이상을 포함해야 했습니다. 가끔 택시기사에게도 줘야 하는 것인지 혼란스럽기도 했죠.

사실 미국에서는 택시 기사에게도 팁을 주는 경우가 많은데요, 미터기 요금의 20% 정도의 팁을 주는 경우가 있습니다. 어쩌면 한국 사람들이 쉽게 오해할 수 있는데 시간이 지나고 나니 사소한 서비스에도 웬만하면 무료가 없고 팁을 줘야 한다고 생각하니 편했습니다.

기숙사에 묵기 전 이것저것 찾아봤지만 가격이 나름 저렴한 호스텔에 있기로 했습니다. 대부분 호스텔에 도착해서 짐을 풀면 주변 모든 사람과 친구가 될 수 있었습니다. 때로는 로비에서 밥을 먹는 사람들과 같이 앉아서 말을 걸어도 되고 같은 호스텔 사람들과 친해져서 같이 여행을 할 수도 있었습니다. 그것이 호스텔의 매력이며 무엇보다 여행 중에는 외로움을 달랠 수 있고 주변 사람들의 소중함을 느낄 수 있었습니다.

　바보 유학생의 행복을 찾아서

미국에 혼자 온 이상 누군가를 가려 사귄다는 것은 스스로가 원치 않았습니다. 모든 사람과 여행자는 저에게 동료이자 비슷한 가치를 가진 인생의 동반자였습니다.

서로 살아온 배경은 다르지만 새로움을 통해서 행복을 느끼고 싶은 마음에서는 큰 공통점이 있었습니다. 영어가 통하지 않아도 웃음 하나만 있으면 괜찮았습니다.

뉴욕 호스텔에 잠시 머문 기간에 아르헨티나 친구들을 만났습니다. 이곳은 말 그대로 전 세계 사람과 만남의 장소였습니다. 제가 생각하는 것 이상으로 마음이 열려 있는 사람들이 많았습니다.

사람과의 교감이 쉽게 이루어진다는 것은 미국이란 국가의 장점이었습니다. 미국 사회는 자유롭고 개방적인 문화 때문인지 다른 사람들과 쉽게 교류할 수 있습니다. 쉽게 새로운 인연을 만들 수 있도록 도와주고 사교성이 높은 분위기를 자주 느낄 수 있었습니다.

전철을 타고 32번가 주변에 있는 한인타운에 처음 간 날이었습니다. 사실, 너무 놀랐습니다. 한국과 다름이 없는 음식점과 서점, 심지어 빵집까지 들어서 있었습니다.

많은 한국인들이 이미 이곳으로 건너와서 타운을 만들고 잘 정착했다는 것이 저에게는 신기한 일이었습니다. 세계 어느 곳이나 한인타운이 있는 것은 타지 생활을 하는 사람들에게 많은 위로가 될 수 있었습니다. 이국적인 음식 때문인지 빵을 주로 먹는 이곳에 익숙하지 않아 속이 안 좋기도 하고 맛의 즐거움을 잃어버린 지 오래였는데 다행이었죠.

식당에 들어가 보니 가격은 예상대로 한국보다 두 배 정도는 비싼 것 같았지만 맛은 크게 다르지 않았습니다. 국밥 같은 경우는 입맛에 따라 맛을 더하는 다대기 소스가 넣어져 나오는 것이 다를 뿐이었죠. 아무래도 미국에서 한국식 음식을 판매하는 가게들이 현지의 맛에 맞게 변형할 수밖에 없었습니다.

뉴욕에 자랑스럽게 들어선 한국 간판을 가리키며 식당에 들어갔습니다. 외국 친구들과 같이 왔으니 무엇을 시킬지 고민하다가 언제나 그렇듯 한국인의 달콤한 매운맛을 좀 보여 주고 싶다는 애국심 넘치는 생각을 했습니다. 매운 음식과 소주도 빠질 수 없었습니다. 무엇보다 그 친구들은 많은 반찬에 엄청 놀란 모습이었습니다. 건강한 채소로 이루어진 반찬은 말하지 않아도 한국적일 수밖에 없었죠.

반대로 음식을 다소 간단히 먹는 외국인이 보기에 한식은 과하다

못해 너무 많다고 느끼는 것 같습니다.

하지만 저는 이 과한 식사가 좋습니다. 우리에게 식사는 단순히 배를 채우기 위한 그 의미 이상이라고 생각합니다.

한국에서는 축구경기가 시작되면 가족들끼리 오순도순 앉아서 치킨과 맥주, 삼겹살을 먹기도 하지요. 소주와 막걸리를 시키는 추억뿐만 아니라 시원한 국밥 한 그릇 먹어야 잠이 오며 배가 든든했던 저는 고국의 편안함을 아직 잊지 못한 것 같습니다.

* * *

빨간 계단을 처음 보고 '저게 뭐지?'라는 생각을 했습니다. 어릴 적 놀이터에서 위험하지만 높은 곳에 올라가서 먼 곳을 바라보며 친구들과 대화할 때가 있었습니다.

그래서인지 '빨간 계단? 별거 아닌 것 같은데' 하면서도 괜히 한 번쯤 올라가고 싶은 느낌이 들었죠.

제가 갔을 때 타임스퀘어에 있는 빨간 계단에 올라가 면 전광판에 사람들 얼굴이 나오며 10초 후에 자동으로 사진이 찍혔습니다. 거대한 도시 속에서 자신의 존재를 잃어버리기 쉽다는 것을 경고하는 듯한 메시지와 사람들이 조금이라도 재미있는 관광을 즐기기 위해 여러 모로 많은 노력을 기울임과 기술을 이용해서 사람들의 이목을 끄는 것 같았습니다. 같은 미국이지만 몇 달 전의 마이애미와는 새

삼 다른 기분이었습니다.

'스크린 얼굴이 뭐 별거라고'라고 생각하던 저 자신도, 큰 얼굴이 나오자 마치 아이가 된 듯한 느낌을 받았습니다. 제가 보는 것과 같이, 다른 사람들도 밝은 표정을 지으며 즐겁게 보고 있었습니다. 도시를 즐기기 위한 창조적인 아이디어는 여행자들에게 도시에서 살아나는 아름다움과 역동성을 경험할 수 있게 해 주는 예술 스크린이었습니다. 이전까지는 높은 건물과 최첨단 도시라는 이미지에만 집중하고 있었는데, 이렇게도 도시에서의 새로움을 알았습니다.

Seconds Later, Your Fa

PRETTY WOMAN
THE MUSICAL
Powerful all day battery
20:3

사랑의
센트럴 파크

　센트럴 파크는 뉴욕 시 맨해튼 중심부에 위치한 대규모 공원으로 세계에서 가장 큰 도시 공원입니다. 엠파이어 스테이트 빌딩, 자유의 여신상 등 세계적으로 유명한 랜드마크들과 인접해 있었지요. 또한 잔디밭, 골프장, 스케이트링크 등이 있어서 다양한 액티비티를 할 수 있습니다. 자연과 문화를 즐기기에 딱이었습니다.

　1850년대에 15년 동안 노력을 한 끝에 만들어진 공원이라는 것이 놀랍습니다. 당시 뉴욕시는 인구가 증가하면서 도시화가 더욱 진행되었고 자연의 면모가 사라지는 문제를 해결하기 위해서 만들어졌다고 합니다.

　주변에 큰 공원이 있다는 소문을 듣고 아침에 걸어가면서 조깅도 할 겸 찾아갔습니다. 도심 속에 이렇게 거대한 자연이 있다는 것은 뉴욕이 가진 매력 중 하나인 것 같았습니다. 조금 걸어 보니 여기서 길을 잃어버릴 수도 있다는 생각이 들었습니다.

　계속해서 걸어 보니 어디서 많이 들어 본 '할렘'이라는 표지판을 보았고 또 걸어 보니 규모를 가늠하기가 힘들었습니다. 이곳은 도시 속의 멋진 아마존 같았습니다.

5 Avenue-
Bryant Park Station
B D F M 7
23 Street Station
Downtown & Brooklyn
R W
Enter with or buy MetroCard
at all times or see agent at
23 Street & Broadway

미국 내 한국식 음식점에서도
만족스럽다고 느끼면 팁을 제공하는
것이 일반적입니다. 가게마다
다르지만 팁을 제공하는 방법은
일반적으로 식사 비용에 팁 비율을
곱한 금액이 바로 포함되어 나올
수도 있으며 식사대금을 현금으로
팁을 따로 지불하는 방식이
있습니다.

저녁에 호스텔에 돌아와서는 종종 저녁에 하는 행사 같은 모임을 참여했습니다. 이번에는 펍을 돌아다니면서 사교모임을 갖는 시간이 있었습니다. 어리바리하던 저도 아주 작은 행사라도 여러 사람을 만나기 위해서 노력했습니다.

어느 나라나 그랬습니다, 먼저 다가가지 않는 이상 누구든 다가와 주지 않았습니다. 복잡해진 사회 안에서 사람들도 수많은 사람을 마주치고 대화할 순 없었습니다. 친해지려면 가만히 있어서는 감정의 교류가 이루어지지 않는다는 것, 아무리 저 자신이 유별난 동양인이라도 노력해야 했죠. 그게 타지로 떠난 제가 본 냉정한 생활이었습니다.

그놈의 펍은 얼마나 많던지 그럼에도 이것이 제가 추구하는 외국 생활이 아닐까 싶었습니다. 세 번째 펍에 들어갈 쯤 지하 아래층에는 피아노가 있었으며 노래를 부르는 공간이 있었습니다.

부끄럽게도 저 스스로 노래를 좋아하고 잘한다고 생각했으나 초등학교 이후로는 사람들 앞에 별로 나서 본 적이 없었습니다.

낮은 자신감 때문인지 단순한 취미도 어느 정도 선을 그어 놓았던 사람이었죠. 특히 변성기가 온 후부터는 노래를 포기하다시피 하며 샤워를 하거나 그럴 때 혼자 흥얼거리는 것이 전부였습니다. 그러나 그런 저에게 취미라도 노래를 불러야겠다고 마음먹은 곳이 바로 이곳이었습니다.

지나간 일이지만 매일 밤 마이애미 기숙사 발코니에서 유럽 친구들과 함께 노래를 불렀던 것이 기억에 남습니다. 살짝 취한 김에 솜씨를 뽐내고 싶어 한 소절 불렀습니다.

'흥의 민족' 한국인이기에 심하게 당황하진 않았습니다. 그 상황만큼은 집에 놀러 오신 친척 어른분들에 둘러싸여 노래를 부르는 어린아이가 되었지요. 또한 다른 나라에서 온 친구들도 낯선 이의 노래에 호응을 해 주며 제 마음속에 불을 지폈습니다.

간략히 설명하자면 호스텔 멤버들과 간 그곳은 '오픈 마이크'라는 행사입니다. 오픈 마이크는 말 그대로 모든 사람들이 마이크를 잡고 무대 위에 올라가 노래를 부를 수 있는 것이었기에 한국의 문화와는 많이 색달랐습니다 이런 기회를 놓치고 싶지 않았습니다. 나중에 알고 보니 꽤 준비된 아마추어 가수들이 노래를 하면서 술을 먹는 공간이었습니다. 그냥 샤워실 노래 연습가인 저에게 무심결에 기회를 준 것 같은 기분이 들었습니다.

단순히 제 인생에 마지막 기회가 될 것 같아서 용기를 가지고 무대 위로 올라갔습니다. 어쩌면 사람들 앞에서 혼자 부르기에는 애매한 곡이었지만 그 당시 '강남 스타일'은 너무도 유명해서 부끄러움도 잊은 채 열창을 했습니다. 잘하든 못하든 앞에서 응원해 주는 사람들의 모습은 저를 다시금 돌아보게 했습니다.

나는 다른 사람의 용기에
자신 있게 박수 쳐 줄 수 있을까?

다음 날 일어나 보니 그 전날 기억이 생생했습니다. 복도에서 호스텔 친구들은 어제 노래를 잘 불렀다며 그런 분위기를 놓치지 않아 너무 좋았다는 말을 했습니다.

오랫동안 모든 사람들 앞에서 부끄러움 없이 노래할 수 있는 그런 분위기가 그리웠는지도 모르겠습니다.

숙소는 학원과 연계된 곳에서 묵었습니다. 지금도 제가 있던 곳은 제 수준에 너무 비싸고 과하다고 생각했지만 자리가 거의 남지 않아서 다른 곳을 알아보는 몇 달간 머물 수밖에 없었습니다.

기숙사는 34번가 주변 'New Yorker' 호텔 안에 있었고 지하에는 헬스장이 있었으며 로비에는 한 번도 갈 것 같지 않은 고급 레스토랑이 있었습니다.

인공지능 'CHATGPT'에게 제가 묵었던 곳을 물어본 바는 이랬습니다.

뉴요커 호텔은 미국 뉴욕 맨해튼의 중심에 위치한 역사적인 호텔입니다. 1930년 완공 이래로 세계적인 유명인사들이 머물며 역사적인 순간들을 함께해 왔습니다. 호텔은 43층으로 이루어져 있으며, 1,000개 이상의 객실과 스위트룸을 보유하고 있습니다.

객실은 모두 현대적인 시설과 가구가 갖춰져 있으며, 도시의 멋진 전망을 감상할 수 있는 넓은 창문이 있습니다. 또한, 뉴요커 호텔은 회의실, 이벤트 공간, 레스토랑, 바, 피트니스 센터, 선수 클럽, 비즈니스 센터 등 다양한 시설을 제공하고 있습니다.

뉴욕에서 유명한 랜드마크 중 하나이며, 뉴욕 시내의 주요 명소와 가까이 위치해 있어 여행자들에게 인기가 많은 숙박 장소 중 하나입니다. 따라서 뉴욕을 방문하는 여행자들에게 추천할 만한 호텔 중 하나입니다.

토종 한국인인 저도 계속 이곳에서
생활하고 커피를 들고 길거리를
걷다 보니 많은 것들이 익숙해지고
있었습니다. 마치 이 거대한 도시
안에 오랫동안 살았던 사람인 것처럼
행동하기 시작했죠. 심지어는
누군가 저에게 길을 물어보는 경우도
많았습니다. 순댓국을 너무나도
좋아하는 '경기도' 출신인 저도
모르게 마치 '뉴요커'가 된 착각이
들기 시작했습니다.

이러한 곳에도 단점이 있었습니다. 특별한 통금시간은 없었지만 보안을 위해서 미리 예약을 하지 않으면 10시 이후에는 친구를 데려올 수 없었습니다.

＊ ＊ ＊

마침내, 뉴욕 맨해튼에 있는 학원에 도착했습니다. 어학원 크기는 생각보다 작았지만 뉴욕답게 그 안에 많은 학생들이 있었습니다. 긴장을 했던 처음과는 달리 마음이 여유로웠습니다. 낯선 공간에 잔뜩 겁에 질려 있던 저와는 다르게 이번에는 당당해 보였습니다.

도착하자마자 제 영어실력을 다시 테스트할 기회가 있었습니다. 정확한 답을 요구하는 시험을 싫어하고 '주입식 교육'은 맘에 안 든다는 생각을 고집하던 저인데 편견과는 다르게 시험이라는 관문을 지나야 하는 것은 미국도 비슷한 것 같았습니다.

'초급반을 벗어나지 않을까?'라는 막연한 생각과 함께 아직도 초급반이라도 상관없다는 마음은 변함이 없었습니다. 다행히 그동안 한국어를 쓰지 못했던 이유였는지 말하기와 듣기 부분에 많은 향상이 있었습니다.

갑자기 시험을 보고 집에 가려던 순간 학원 선생님이 저를 불렀고 어떻게 된 일이냐고 물어봤습니다. 아니나 다를까, 단기간에 많은 점수가 향상되어 놀랐다는 말씀을 하셨지요.

마이애미에서 짧은 3~4개월 동안이었지만 한국말을 할 수 없었던 것과 고등학생 시절 3년간 생각 없이 영어 암기만 한 것들이 이곳에서는 퍼즐처럼 맞춰졌습니다.

전력을 다하면 짧은 기간임에도 불구하고 변화를 겪을 수 있다는 것을 알았습니다. 그만큼 몸에서 느끼는 스트레스와 긴장감은 어쩌면 당연한 것일지도 몰랐죠. 그나마 목표만이 그것을 이겨 낼 수 있는 힘을 주는 것 같습니다. 올바르고 효율적인 방법으로는 성취감이 높았고 결코 길지 않은 시간 안에 영어에 대한 편안함을 느낄 수 있다는 것에 충분했던 시간이었지요.

유학에서도 '잉글리시'라는 집착을 잠시 빼면 '삶'에 지나지 않았지요. 어디서나 좋은 기억은 인간관계를 잘 맺어 가는 사람들의 것이라는 걸 알았습니다.

＊　＊　＊

언어를 완벽히 알고 대화하는 것이 아니라 먼저 다가가서 임기응변으로 대화하는 방식이 옳을 때도 있었습니다. 살아가면서 언어를 익힌다는 것은 암기해서 시험을 잘 보는 방법과는 전혀 달랐습니다. 어쩌면 사회 속에서 언어는 운동과 같았습니다.

사실 모든 걸 준비해서 말하다 보면 많은 유학생들이 그렇듯, 저도 모르게 정확하지 않을까 봐 주눅이 들 수도 있겠다는 생각이 들었습니다.

　반에는 우리 식으로 말하자면 '때가 묻지 않은' 순수한 친구들이 많아 보였습니다. 선생님들은 친구 같았기 때문에 불편함 없이 발표할 수 있었죠. 낮은 반 학생들도 본인의 생각을 주저 없이 말하는 모습은 원어민 못지 않았습니다. 개인마다 영어 실력의 차이는 있었지만 말하는 것을 서로 미루지 않는 학생들을 보며 신기하기도 했습니다.

　이제껏 한국에서 항상 궁금했던 것이 교육방식의 차이점이었습니다. 지금도 저는 어디든 방식의 다름에 있어서 장단점이 있다고 생각하지만 어느 나라를 가든 그곳에 부합한 사회적인 분위기와 구조에서 벗어나지 않는 선에서 교육이 이루어진다는 걸 알았습니다.

　또한 개개인의 자유를 쟁취하기 위해서 끊임없이 의심하고 자유롭게 토론할 수 있는 문화는 이곳이기에 가능하다는 생각을 했습니다.

　선생님과 학생들은 대체로 수평 관계였고 일방적으로 듣고 말하는 것이 아닌, 비판적 사고방식을 갖고 수업에 참여할 수 있는 방식이었습니다. 답을 바로 내리지 않고 질문의 꼬리에 꼬리를 물고 성장하는 사고를 고수하는 교육방식은 제 안에 잠자고 있던 호기심을 깨워 주었죠.

　한편 이곳에서는 나이가 많다고 너무 배려하는 것을 간혹 불편해하는 것 같았습니다. 대화를 하다 보면 농담을 통해서라도 경직된 관계를 허물고 싶어 하는 느낌이 강했죠.

즉, 여러 관계 속에서 우리가 생각하는 정형화된 문화적인 규범과는 다른 그 틀을 깰 수 있는 여러 가지 일들이 생길 수 있다는 걸 내포했습니다. 이렇듯 다양한 문화는 많은 친구들을 만날 수 있는 발판을 만들어 주었습니다.

언제나 그들은 제가 한국인이라는 걸 모르는 것처럼 그냥, 다른 공간에서 살았던 것을 당연하다 싶은 것처럼 대했죠.

서로의 배경에 대한 많은 것이 궁금하기 마련이지만 편견 또한 포용하는 것. 이민자의 나라에서 그들이 살아가는 방식이었습니다.

 바보 유학생의 행복을 찾아서

미국의
스포츠 펍을
가다!

뉴욕에서 7개월 정도 머무는 동안 스포츠 펍과 스타디움을 종종 가곤 했습니다. 삼겹살과 소주에 익숙했던 제가 햄버거와 감자튀김 그리고 맥주를 먹으며 함께 응원하는 펍의 알 수 없는 매력에 빠졌습니다.

미국에서는 미식축구가 정말 인기가 많은데 사람들은 경기 날에 맥주와 음식을 먹고 가족끼리 모여서 집에서 응원하거나 펍에 가서 여러 사람들과 분위기를 즐기곤 했습니다.

처음에는 미식축구의 규칙을 잘 몰라서 흥미를 전혀 느끼지 못했지만 마초 스타일을 좋아하는 미국인에게 딱 맞는 스포츠인 것 같습니다. 전사와 같은 선수들이 공을 가지고 피해 다니며 거친 몸싸움도 마다하지 않는 남성적인 스포츠에 열광하는 심리를 알 것 같았습니다.

미국의 스포츠 펍 안에는 대형 TV가 여러 대 있으며 언제나 그렇듯 모르는 사람들과 주저 없이 대화하는 모습을 볼 수 있었습니다.

경기를 시청하는 것은 제가 생각하는 것보다 더욱 사교적인 활동
이었죠. 시청하는 다른 팬들과 함께 경기에 대해 이야기하고 논의하
며 모르는 사람들과 손쉽게 대화할 수 있는 분위기가 자연스럽게 만
들어졌습니다.

수다 떨며 즐기는 것에만 빠져 왔던 저는 점점 책상에 앉아서 해
야 할 일들을 미루기 시작했습니다.

저의 영어는 'Street English' 즉, 영어를 길거리에서 배우는 것과 언뜻 비슷했죠. 대학교 어학원에서 공부할 때는 한 선생님이 저의 쓰기 실력이 너무 형편없다고 지적했습니다. 가끔은 제가 정말 못하는 부분에 시간을 투자할 수 있어야 했습니다. 하지만 그런 과정을 단순히 외국에서의 지루한 삶이라 여겨 그러지 못했습니다.

계획도 없이 영어에 대한 준비도 없이 떠난 저에게는 아무 생각 없이 도전한 것 이상의 의지가 필요했습니다. 이곳에서 오래 있고 싶었다면 무언가를 이루어 내는 능력이 있어야 했습니다.

당장 밖으로 나가서 사람들과 단순히 말을 많이 해야 한다면 말솜씨가 느는 것은 이견이 없습니다. 하지만 전반적인 영어 실력의 향상을 위해선 불가피하게 외로운 싸움이 필요하기 마련이었죠. "하지만 괜찮지 않나? 여기까지 와서 그럴 필요는 없지……." 희한하게도 이곳에서는 시간이 속사포처럼 지나가는 기분이었습니다. 행복해서 시간이 빨리 가는 건지, 제가 정신을 못 차려서 시간 개념을 잃은 건지 말입니다. 어느덧 이곳 생활도 막바지에 접어들었습니다.

저희는 마지막 졸업을 하는 친구들을 위해 사진을 찍었습니다. 다양한 국가 학생들의 글이 적힌 미국 국기를 가져와 같이 사진을 찍고 축하해 줬습니다. 졸업하는 날은 항상 맛있는 것을 먹으러 가는 날이기도 합니다.

저 또한 졸업하는 입장으로서 좀 더 다양한 학생들과 어울리지 못했습니다. 때론 편안한 관계만을 추구하며 불편한 외국인들과의 관계를 피할 때가 많았습니다.

America

문득 밤하늘의 별을 올려다보았습니다.
제가 어디에 있든 이 지구를 벗어나지 않는 한
밤하늘 모습은 바뀌지 않을 겁니다.

추후에 한국에 돌아와서 든 생각이지만
보이지 않는 '행복을 찾아' 너무 먼 곳을
돌아다녔다는 생각을 했습니다.
행복해지고 싶었습니다.
혼자 자유를 찾아 떠나기만 하면
매일 웃을 수 있을 것 같았습니다.
자유가 주어지면 행복과 비례할 것 같았습니다.

바보 유학생의
행복을 찾아서

이제 저는
자퇴생입니다

그동안 나름 행복한 시간을 보냈다고 생각했습니다. 그렇게 믿고 싶었습니다. 아니, 그러고 싶어 고군분투했습니다.

비행기 티켓을 사고 마음을 굳게 먹으면 다른 세상을 보는 것이 그다지 어렵지 않았다는 것 때문인지 다시 한국으로 돌아가고 싶지 않았지만 대학을 휴학한 상태였기에 돌아가야 했습니다.

어쩔 수 없이, 군 휴학의 연장으로 1년 정도를 더 쉰 끝에 대학에 복학했지만 저의 머릿속은 아직도 이상과 현실을 혼동하고 있었습니다. 정신 차려야 한다는 생각 속에도 어디선가 방황을 하며 성공한 신화들을 본 것 같아 아직은 계속 괜찮을 것 같았습니다.

이상하게도 생각과 행동은 의식에 따라서 움직이는 것 같았지만 제 안에서 울려오는 감정은 제가 하고 싶은 것을 당장 하지 않으면 안 될 것처럼 제 안의 환상은 너무나도 컸습니다.

저는 고집이 정말 강했기에 그간 부모님의 만류에도 불구하고 대학교로 달려갔습니다.

끓어오르는 마음을 따랐습니다. 바보처럼 이게 맞는 건지 잠이 오지 않았습니다. 대학을 자퇴하든 외국을 가든 둘 중 하나는 포기해야 했습니다. 젊은 나이에 스스로 잃을 것이 없다는 막연한 생각을 왜 했을까요? 정말 그런 삶을 원했던 건지, 한순간의 패기인지 잘 알지 못했습니다.

돌이켜 보면 어릴 적, 운동과 축구밖에 몰랐던 시절에 그마저 힘들다는 이유로 포기했습니다. 무언가의 최고가 되기 전에 끝까지 해 보지 않고 그만두는 일을 반복했던 버릇을 되풀이하는 것 같았습니다.

제가 하는 결정이 도피인지 도전인지도 몰랐습니다. 외국에 가서도 예상치 못한 상황은 다른 방식으로 감히 저를 테스트할 것이 뻔했습니다.

학교 앞에 도착했습니다. 마음을 다잡고 대학교에 들어갔습니다. 저는 해야만 했습니다, 자퇴를…….

제 선택이지만 어쩔 수가 없었습니다. 그렇게 하지 않으면 미칠 것 같았습니다.

입학을 위해서는 꽤나 많은 시간을 준비했지만 자퇴하는 시간은 정말 1분도 걸리지 않았습니다.

자퇴하지 말라고 결코 붙잡지 않습니다. 저에게 대학은 학창 시절의 대부분을 바칠 정도로 중요했지만 대학교는 아닙니다. 그저 다른 학생을 받으면 그만이니까요.

그저 미국에 가고 싶었기 때문에 아니, 그냥 아무 곳으로 떠나 버리고 싶었습니다. 제가 지금 사는 이 세상을 자유롭게 돌아다닐 수 있다면 모든 것을 내려놓을 자신도 있었습니다.

또한 빠른 시일 내에 유학원에 방문해서 미국 대학교를 가고 싶다고 얘기했지요. 그게 2년제든, 4년제든 중요하지 않았습니다. 단지 현실을 도피할 수 있는 만큼 시간이 주어진다면 무조건 괜찮았습니다.

알고 있었습니다. 외국을 간 이유도 굉장히 충동적이었고 다른 친구들이 봤을 때는 '뒤늦게 사춘기가 온 철부지'라고 생각했겠지요. 당연하게 저의 충동적 도전은 많은 상황을 불러왔습니다.

현실에 대한 회피라는 것을 알고
있었음에도 떠났습니다.
그것이 결코 인생을 송두리째
바꿀 수 없다는 것을 잘 알았지만요.

넌 미국에
또 가니?

38
VIA Hospital
RAPID
439
6667
muni
CUYANA
POWELL
CIGARETTE BUTT
RECYCLING
CIGARETTE BUTT
RECYCLING

마침 작은누나가 샌프란시스코에서 살았던 경험이 있기에 별다른 정보도 찾아보지 않고 결정해 버렸습니다.

분위기는 유명한 관광지나 쇼핑 지역에서는 사람이 많아서 상대적으로 바쁜 분위기를 느낄 수도 있지만 전반적으로는 여유로운 분위기로 사람들의 성격은 굉장히 부드러웠습니다.

사람들은 자연 친화적이며, 차분한 성격이었죠. 주민들은 문화적, 인종적 다양성에 대한 경험을 존중하며, 서로 다른 가치관을 존중하는 것이 몸에 배어 있었습니다. 말하자면 마치 '모든 자유를 허용하는 인간'들이 모여 있는 느낌이었지요.

또한, 불과 몇달 전 뉴욕 사람들은 비교적 빠른 속도로 움직이고 높은 빌딩 안에서 경쟁이 많은 환경에서 살아가다 보니 서부 사람들의 얼굴 표정이 더욱 색다르게 보였습니다.

어학원을 전전하는 제게 피할 수 없는 것이 숙소 해결이었습니다. 학원을 통해서 숙소를 구하면 쉽게 구할 수 있으나(2014년 기준)

다운타운(down town)에 홀로 괜찮은 기숙사에 살기 위해선 원룸 값으로 대략 1,700불 정도를 지불해야 했습니다.

한 집에 여러 방을 공유하는 곳은 교통이 불편하지만 500~700불 정도에 쉐어룸(Share Room)을 구할 수 있습니다. 음식은 보통 15~20불 정도를 지불해야 했기에 푸드트럭은 정말 가성비 음식이었지요.

그럼에도 불구하고 이 도시의 독특한 문화와 활동, 아름다운 경치 등은 매력적이고 그만큼 후회스럽지 않은 도시인 것 같습니다.

다시
어학원만
간다

샌프란시스코도 한국인들에게 인기가 많은 도시라 학원에 가면 한 반에 4명이나 한국인인 경우를 어렵지 않게 볼 수 있었고 많은 한국인들이 거주하고 있었습니다.

편견일지 모르지만 같은 반에 같은 인종들이 많으면 아무래도 영어 사용의 동기 부여가 떨어지는 것 같았습니다. 같이 모국어를 쓰는 경우 때문에 단기간에 영어 실력을 늘리고 좀 더 어려운 도전을 해 보고 싶은 학생들에게는 개인적으로 추천할 만한 도시는 아니라고 생각했습니다.

인종 얘기가 나와서 그렇지만 저는 키가 큰 편이 아니어서 다른 인종들에게 우스워 보이지 않게 몸을 만들고 싶다는 은연중의 생각을 갖고 있었습니다. 그 와중, 우연히 길거리에 자주 보던 빨간 티셔츠 '24'시를 입고 돌아다니는 사람을 보았습니다.

그의 얼굴을 보아하니 근육질의 동양인 트레이너였습니다. 한동안 운동을 소홀한 저와는 다르게 그는 매우 단단했지요. 아마도 헬스장 광고를 하는 것 같았습니다.

저는 망설임 없이 다가가서 '나 좀 가르쳤으면 좋겠다'며 부탁했지요. 저의 본격적인 미국 헬스 생활은 그렇게 시작되었습니다. 한국 사람들은 깔끔해 보이는 옷을 선호하지만 사람들은 이곳에서 편하면서 몸을 드러내는 옷에 과감했습니다.

아마도 제가 이곳에서 들러붙는 나시티를 입고 다니면 저희 가족들이 한 소리 할 것 같습니다. 하지만 환경이 바뀌면 그곳에 적응하기 마련이었죠. 자신의 몸매를 뽐내고 야하게 보이는 옷을 입는 것이 이곳에서는 크게 이상한 일이 아니었습니다.

대체로 미국 헬스장은 건물 전체일 만큼 규모가 컸고 시설이 꽤 체계적으로 되어 있었습니다. 늦은 시간과 새벽에는 무인으로 24시간 운영이 되었고, 정말이지 미국 사람들은 운동에 진심인 것처럼 느껴졌습니다.

살면서 헬스라는 것을 제대로 배워 보진 않았지만 워낙 운동을 좋아했기에 제 안에 있는 에너지를 발산하는 것에 자신이 있었습니다. 저의 삶에 새로운 루틴을 하나 추가하는 것은 방황하는 해외 생활에 활력소가 될 거라고 느꼈습니다.

이곳 헬스 트레이닝 방식은 뭔가 한국과는 좀 달랐습니다. 세션이 시작하고 트레이너가 그러더군요. "나가서 같이 워밍업 좀 하자!" 샌프란시스코 길거리를 트레이너와 함께 뛰어다녔습니다. 사람들은 뛰어다니는 저희를 보고 눈웃음을 건넸죠. 지금도 기억이 생생한 것

보니 나름 인상 깊었던 일이라고 생각했나 봅니다.

운동을 함으로써 몸 단련에 좋았던 점과 평소에 미국에서 운동을 열심히 하는 한국 교포들과 비슷한 외적 모습을 갖추게 되었던 것이었습니다.(머리 스타일도 마초처럼 보이게 위로 올리고 다녔죠)

이곳 트레이너는 단순히 돈을 내고 받는 선생님과의 관계라기보다는 PT가 끝나고도 술 한잔과 식사를 할 수 있는 친구에 가까운 느낌이었습니다.

이것이 미국에 온 이유가 아닐 까 싶습니다. 누군가에게 기가 죽는 인생이 아닌 동기를 얻고 스스로 주도할 것 같은 그런 세상과 기분을 갈구했습니다.

샌프란시스코에는 미국에서 제일 거대한 차이나타운이 있습니다. 거대한 중국을 타운 하나로 압축해 놓은 것 같았습니다.

간혹 밥과 국수가 그리울 때가 있었지요. 아시아 음식이 그리울 때는 차이나타운만큼 좋은 곳이 없었습니다. 또한 지나칠 때마다 밖에 진열해 놓은 과일들은 한국의 전통시장 같았고요. 찾을 수 있는 가까운 곳에 재팬 타운도 있었으나 규모 면에서 다른 국가들의 타운하고는 비교가 되지 않습니다.

차이나타운은 매우 인기 있는 관광지이자 많은 미국인들이 중국 문화와 음식을 체험하기 위해 방문하는 곳입니다. 서로 매우 다른 두 문화의 공존은 미국의 다양성과 다문화주의를 체험하는 데에도

廣生隆
嶺生廣
ONG SANG LUNG CO
GIFTS & HERBS
KWONG SANG TONG CO.
GIFTS & HERBS
中国工商银行
Grand
Palace
RESTAURANT
CHASE
citi
Grand Palace
RESTAURANT
Wholesale Price
to the Public
Tel: (415)-954-0816
RIGHT LANE
MUST
TURN RIGHT
LINDA BOUTIQUE
屋達珠

좋은 장소입니다.

그러나 모든 미국인들이 차이나타운에 대해 긍정적으로 생각하는 것은 아닙니다. 차이나타운이 미국의 다른 지역들과 다르게 중국 문화에 치우쳐져 있다는 생각 때문이지요. 아마도 중국 문화와 상점들이 미국의 전통적인 문화와 괴리감이 있다고 생각하는 것 같습니다.

미국이란 이민자들이 많은 나라에서 오는 충돌은 일시적이라고 믿고 싶지만 이면에는 주류사회보다 너무나 많은 다양한 이민자들이 올 경우에는 정책적으로 많은 준비가 필요하다는 것을 느꼈습니다.

서로가 서로를 포용하기도 전에 너무나 많은 다양성으로 인해 피곤함을 느낄 수 있다는 것, 그들이 기본적인 의사소통이 계속 힘들 경우에 오는 인간관계의 소외감들은 서로에 대한 반감을 낳을 수 있다는 점은 향후 미래에 그 국가를 결정할 수도 있다는 것을 알 수 있었죠. 더해서 소외계층에 있는 사람들이 생계 혹은 자리를 잡기 위해서 노력하는 도중 오는 극도의 불안감들은 그냥 겉핥기 식으로 되지 않을 것 같습니다.

역사를 짚어 보면 120년의 역사를 갖고 있는 차이나타운은 흑인들이 신분제에서 해방된 후에 일자리가 필요한 많은 중국인 노동자들이 정말 어렵게 일군 타운이었습니다.

사실 미국이 부유층과 가난한 노동자들을 분리하기 위해서 도시

한곳으로 몰아넣은 결과였는데, 시간이 지나 차별의 상징들이었던 차이나타운이 지금은 관광지로 많은 돈을 벌어들이고 있다는 것에 놀랐습니다.

＊ ＊ ＊

너부도 많은 사람들과의 인연 중에도 잊을 수 없는 대만 친구 한 명이 기억납니다.

해외 생활에 많은 것을 알고 있던 그 친구였기에 기분 나쁠 수 있는 강하고 따끔한 조언을 받아들일 수 있었죠. 영어뿐만 아니라 그가 옆에 있는 것만으로 큰 힘이 되었습니다.

그는 제가 몰랐던 고충을 털어놓곤 했는데 그건 미국에서 꽤 오랜 기간을 살았음에도 영어를 읽고 쓰는 데 어려움을 느끼고 있다는 것이었습니다. 제 눈에는 나름 노력을 하고 있는 것 같은데 공부에 극도로 어려움을 느끼는 그런 사람으로 보였습니다.

중학교 1학년 때, 대만에서 백지 상태로 미국으로 유학 온 이 친구가 많이 힘들었을 것을 생각하니 마음이 아팠습니다. 정신적으로 준비가 되지 않은 상태에서 가족과의 이별은 무조건 긍정적인 것만은 아니었죠.

그가 갖고 있는 인종, 언어에 대한 소외감을 어떻게든 이겨 내려고 긍정적으로 행동하는 그 친구의 모습을 보니 그동안의 힘겨움을 알 것 같습니다.(당시에는 잘 이해가 되지 않았지만 무언가에 대한 지적도 인종차별로 느낄 정도로 극도로 예민함을 많이 느꼈던 친구였습니다) 한번은 학원 선생님 중 한 명이 그 친구를 약간 무시하는 듯한 반응을 했는데 그때 저는 인간관계에서 충분히 나타날 수도 있는 현상이라고 생각했습니다. 하지만 그는 화를 참지 못하고 학원에 불만 사항을 말했지요.

타지 생활을 오래 함으로써 많은 것을 얻을 수 있지만 자신도 모르게 그 사회에서 살아남기 위한 은연의 압박이 심했습니다. 시간이 지나고 이런저런 일을 겪으며 그와 저는 점점 친해졌고 가까워졌습니다.

저희는 서로 공통점이 있었습니다. 어학원을 오랫동안 전전했다는 것과 누군가에게 억압되는 것을 싫어한다는 것이었죠. 더 말하자면 저희는 대학을 졸업하지 않고 방황하고 있는 유학생이었습니다.

책보다는 생활 속의 기억이 최고라고 생각하고 있었던 모건과 저는 이곳저곳을 여행했습니다. 저는 운이 좋았습니다. 저와 닮은 사람이 어느 곳에나 존재했죠.

브라질 친구와 금문교를 자전거 타고 건너면서 사진을 찍었습니다. 생각보다 다리가 길어서 끝까지 완주하는 데 시간이 오래 걸렸습니다. 센 바람을 맞아 가면서 자전거로 겨우겨우 건너가고 있는 와중에도 자연의 시원함을 느꼈지요. 이곳은 공기 냄새를 맡는다는 표현이 이상할 정도로 상쾌했습니다.

가고 또 갔습니다. 계속 가다 보니 잔디 안에서 많은 사람들이 가족과 함께 놀고 있더군요. 오랜 시간 동안 많은 사람들이 여러 활동을 즐기는 것을 보았습니다. 머나먼 타국에서도 사람 사는 분위기는 다를 게 없지요.

여행을 마치고 언제나 그렇듯 또다시 학원으로 왔습니다.

"Same thing different day." 다른 날, 같은 일상이 반복되네요.

저는 이곳에서 많은 학생들이 졸업을 하고 입학하는 것을 보았습니다. 친구가 되고 금방 헤어짐에 익숙해질 무렵이었습니다. 이렇게 만나고 떠나야 하는데 친해지는 것도 서서히 모든 마음을 줄 수

 바보유학생의 행복을 찾아서

가 없더군요. 좀 이상했습니다. 그토록 신기하고 친해지고 싶었던 외국인들이 익숙해지고 눈물 없이 "Good Bye"라고 하는 저 자신을…… . 샌프란시스코 어학원에서 한 학생이 수료를 해 사진을 찍었습니다. 이렇게 한 명씩 학생들이 졸업을 할 때마다 단체 사진을 찍었는데 아마도 저는 학원에 오랫동안 머물렀기 때문에 많은 사진에 제가 나와 있었을 게 뻔했습니다.

저희 선생님은 항상 아침에 일찍 학원에 오셔서 학생들을 맞이했으며 굉장히 여유롭고 긍정적인 선생님이었습니다.

가끔 수업의 내용이나 방식이 맘에 들지 않는다며 불만을 얘기하는 학생이 있었는데 화가 날 만한 이런저런 발언에도 편견 없이 받아들여 좋은 수업을 하도록 노력하셨지요.

불만족함을 주저 없이 말하고 그것을 반영할 수 있는 학생 중심의 문화, 학생은 마치 평등한 관계이자 고객이었습니다. 나이가 있는 선생님이라도 마치 그냥 친구와 친구가 편안히 대하듯 그래서 한쪽이 주눅 들 이유가 전혀 없었습니다.

  바보 유학생의 행복을 찾아서

샌프란시스코 어학원에서 받은 수료증

45

뉴욕에도
이런
시골 마을이

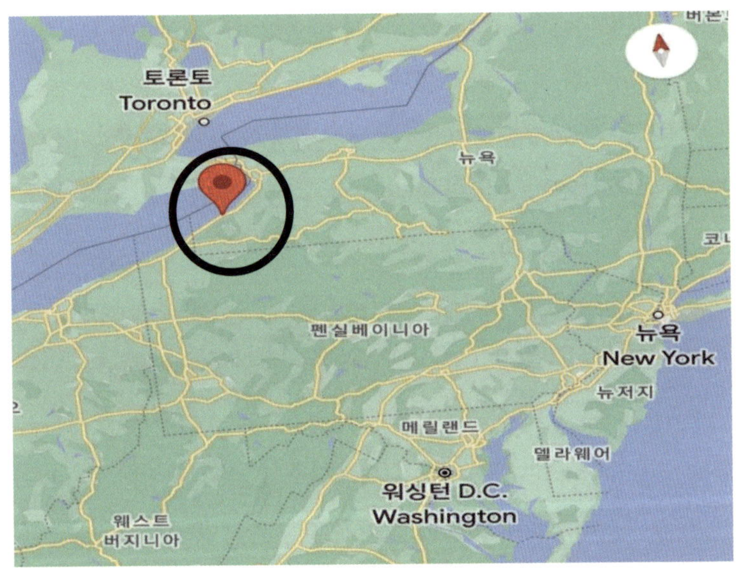

미국 샌프란시스코에서 7개월이 흐른 후 실낱 같은 희망 하나로 이곳에 왔습니다.

저는 뉴욕주에 있는 4년제 대학 뉴욕주립대(State University of

New York at Fredonia)에 들어가기로 결정됐죠. 미국은 산보다 넓은 평지가 많아서 그런지 시골로 갈수록 점점 저 멀리 세상과 동떨어진 곳으로 가는 기분이 들었습니다.

'여기도 대학이 있고 젊은 사람이 많이 살고 있구나!' 한국의 시골은 다소 연세가 많으신 노인분들이 많지만 이곳은 젊은 남녀들이 정말 많았습니다. 학교마다 체육대회가 열리는 모양입니다.

치어리더가 응원하는 모습, 멋진 남자들이 미식축구를 하는 그 모습은 제가 미국 드라마에서 많이 본 광경이었죠. 쑥스럽지만 사실 저라고 해서 영화의 멋진 금발의 남자 주인공처럼 미식축구를 하는 상상을 안 하진 않았습니다. 그 순간만큼은 구경하는 것만으로도 제가 가진 환상의 타지에 와 있다는 생각을 하곤 했지요. 그렇게 마냥 미국 드라마를 현실로 보고 있는 것 같았습니다.

이해하실지 모르겠지만 잘하든 못하든 저는 이곳에 와야 했습니다. 그리고 제 눈으로 봐야 했습니다.

이곳은 자가용 자동차가 없으면 이동이 거의 불가능해서 최소한의 이동수단이 필요했죠. 그래서 저는 자전거를 타거나 길거리를 걷는 데에 익숙해졌습니다. 지나가다 보면 많은 미국인들은 머나먼 동양에서 온 우리를 신기해했고 편견보다는 관심과 호기심으로 저희를 대해 주었습니다. (특히 갓난아기들이 신기하게 저를 쳐다보는 모습은 정말 귀여웠습니다)

조건부 입학이지만 샌프란시스코에서 중상 정도의 레벨이었기 때문에 길지 않은 기간 안에 대학 공부를 할 수 있다고 생각했습니다. 아마도 저는 영어를 최대한 잘해 보이는 것에만 치중했는지 모릅니다. 보이지 않는 실력도 충분히 가다듬었어야 했는데 저의 감정과 기분에만 치중한 영어에만 너무 의지했지요. 살아가는 데에 있어서 진중함에 투자하는 그 모습은 온데간데없었습니다.

이제 와서 말하지만 저는 대학을 갈 실력도 자세조차 없었습니다. 저는 조건이 되는지 다시 한 번 테스트를 받아야 했고 또 뉴욕주립대 어학원에서 쉽지 않은 시험을 통과해야만 했습니다. 또다시 많은 기간이 걸릴 것 같았죠. 아마도 포기한다고 하면 남들은 비웃을 것입니다.

'뭘 했어야 그만두지…… 경쟁이 심한 한국으로 돌아가면 주변 사람들이 날 무시하겠지.'

부모님은 이런 자세한 사정은 잘 모르고 있었을 것입니다.

'성실했던 아들이니 뭔가 해내겠지, 우리 아들은 잘할 거야, 다를 거야.'

아침에 일어나면 머나먼 타지에서 나의 삶은 계속됐습니다. 모든 책임과 결정은 전적으로 저에게 있었습니다.

'모르겠다. 그냥 머물자.'

그럼에도 불구하고 그곳은 시골이 주는 평화를 알게 해 주었습니다. 이렇게 말하면 될까요? '반지의 제왕' 초반에 나오는 호빗들이 사는 그 평화로운 마을 같았습니다. 그렇지만 대학가로 가면 규모는 정말 컸고 시설 또한 완벽에 가까웠죠. 한 치 거르면 서로 마주치는 마을 안에 이러한 대학이 있었습니다. 이곳은 서로가 서로를 다 알아볼 정도로 사람들끼리 가까웠는데 어릴 적부터 같이 성장해 온 친구들이었을 확률이 많았지요.

시골에 위치한 대학교라고 해서 필요한 것이 없는 건 아니었습니다. 레스토랑과 펍, 그리고 한국에서는 보기 힘든 유흥들이 대학교와 멀지 않았습니다.

＊　＊　＊

브라질 친구, 일본인 친구들과 학교 축구장에서 축구를 하고 돌아왔습니다. 일본인 여학생들이 축구를 잘해 놀라서 물어봤더니, 일본에서는 학교 특별활동 시간에 본인들이 좋아하는 운동을 선택해서 배울 수 있다고 했습니다.

대학교 동아리 클럽에 들어가기 위해선 간단한 축구 실기 시험을 보는데 어릴 적 축구부를 해서 그랬는지 그리 어렵진 않았습니다.

솔직히 말하자면, 어릴 적에는 축구밖에 몰랐던 바보였습니다. 어린 시절 공부는 뒷전이며 매일 축구를 했던 내가 타지에 와서 실력 발휘를 할 것이라고 누가 알았을까요?

   바보 유학생의 행복을 찾아서

나이아가라
폭포를
마시다

갑작스레 1년 전에 샌프란시스코에서 친구가 된 터키 친구에게 연락이 왔습니다. 미국이 그리워서 여행이라도 할 겸 다시 온 듯 보였습니다.

사실 저는 정신없이 돌아치는 것에 비해서 관광지를 방문하는 것을 그다지 좋아하진 않았습니다. 저도 그런 저 자신을 이상하게 생각했지만 무언가를 보고 감탄하는 때가 지난 사람 같았지요.

저는 가까운 다른 곳에 가자고 말했지만, 폭포를 보려고 작정하고 온 것 같아 거절할 수 없었습니다. 저도 볼 겸 폭포도 보고 일석이조였죠. 그리하여 아침 일찍 버스를 기다리고 있었습니다. 저는 항상 그 친구에게 장난을 쳤습니다. "엘슨, 너 오늘 아침부터 한국인처럼 생겨 보인다?" 진지한 표정으로 말하니, 옆에 있는 백인 여성분이 웃음을 터트렸습니다.

저희는 그렇게 농담을 하며 시간을 보냈고 대략 2시간을 가다 보니 버팔로가 보였습니다.

또다시 버팔로에서 나이가라 폭포행 버스를 타고 가면 웅장한 폭
포가 나왔지요. 또다시 친구의 설득에 못이겨 배를 타는 티켓을 샀
습니다.

너무도 큰 자연을 보면 이상하게 배에 탄 승객 전원이 정말 초라
해 보입니다. 마치 자연 거인을 구경하듯 멍하니 쳐다봤죠. 이 세상
에 살면서 이런 거대한 자연 광경을 두 눈으로 본다는 것은 멋진 일
이었습니다.

생각보다 버팔로라는 도시는 제가
느끼기에 거리가 굉장히 한적했고,
사람이 많지 않은 여유로운
도시처럼 보였습니다. 버팔로에서
조금 더 가면 캐나다 국경과
가까운 나이아가라 폭포에 갈 수
있었습니다. 국경을 넘어 캐나다에서
비용을 지불하면 다른 시야에서
시원한 폭포를 배를 타고 볼 수
있습니다.

나는
실패한
유학생이다

 1년을 생활하면서 저에게 주어진 학점은 고작 3점이었습니다. 저의 부족한 실력을 탓할 순 없었습니다. 그냥 점점 타지 생활에 갈피를 못 잡고 지쳐 가는 것 같았습니다.(실력이 좋으면 빨리 졸업을 할 수 있고 예외가 있지만, 조건부 입학을 통과하기까지는 보통 모든 학점을 받으려면 6개월에서 1년이 걸립니다. 학교 어학원마다 다르겠지만, 어느 정도 높은 반에 들어가면 대학에서 한 과목 혹은 두 과목 정도 들을 수 있는 학점이 주어졌습니다)

 저는 항상 어떠한 기억을 남기고 떠나는 일을 밥 먹듯이 반복했습니다. 마치 목적도 없이 떠도는 새처럼, 아니면 상자에 갇힌 토끼가 나와서 탈출하듯 이곳저곳을 다녔습니다.

 혹여나 남들이 보기에는 타지에 유학 갔다며 "우물 안의 개구리가 아니야"라고 해 줄지 모르지만, 어쩌면 정신을 바짝 차리고 사는 우물 안 개구리가 나을 수도 있겠다는 생각도 들었습니다.

 그렇게 생각하기에는 20대 중반이 지나서까지 제가 이 드넓은 세상에서 어쩌면 현실을 직시하지 못한 채 불확실한 것을 찾아 나섰는지도 모릅니다.

"원래 세상은 이렇습니다." 저는 그 말을 인정하기 싫었습니다. 제가 원래 있는 곳은 인생에서 한 번은 벗어나야 하는 곳이라고 생각했습니다.

하고 싶은 것을 하고 사는 것이 답이라고 생각했던 시간조차도 결국 만족스럽지 않았습니다. 아마 누군가 저의 인생 일기장을 본다면 여기저기 누군가가 이해하기 어려운 낙서로 되어 있겠죠.

끝나기 무섭게 또 저만 볼 수 있는 낙서를 하기 위해 다른 곳으로 떠나야만 했습니다.

떠나는 날, 제가 불만을 가졌던 선생님께서도 수료증을 들고 사진을 찍으며 마지막을 축하해 주었습니다. 지금까지 수료증 몇 개를 받았는지 모릅니다. 이제 저에게 별 의미가 없습니다.

뉴욕 프레도니아 대학 어학원에서 받은 수료증

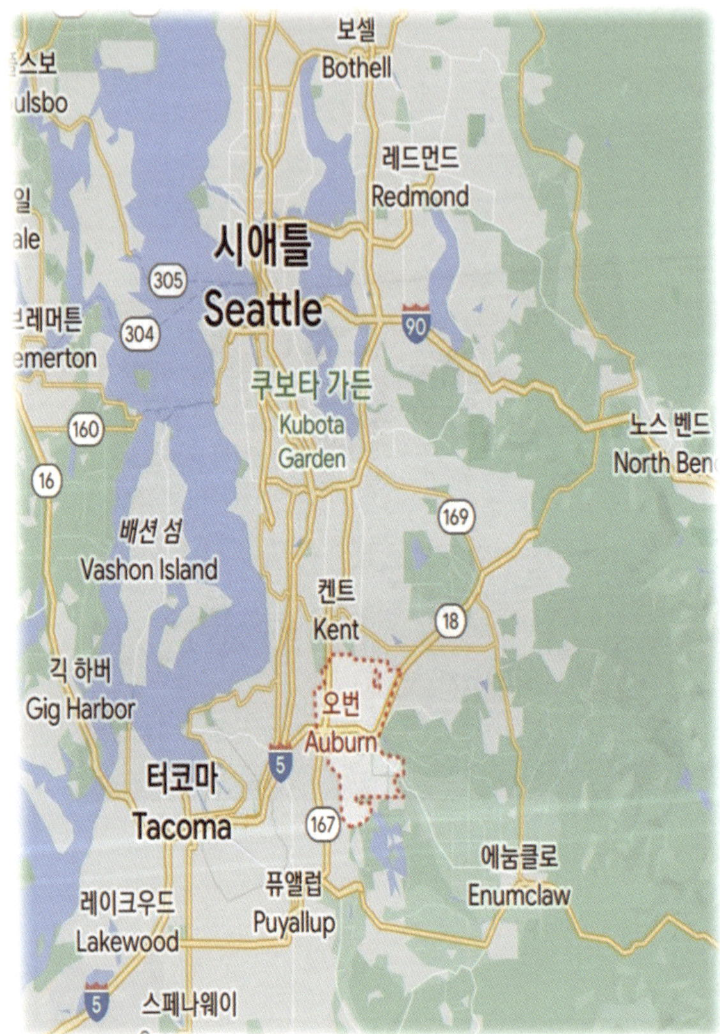

풀스보
ulsbo
보셀
Bothell
일
ale
레드먼드
Redmond
시애틀
Seattle
305
브레머튼
emerton
304
쿠보타 가든
Kubota
Garden
90
160
노스 벤드
North Bend
16
169
배션 섬
Vashon Island
켄트
Kent
18
긱 하버
Gig Harbor
오번
Auburn
5
터코마
Tacoma
167
에눔클로
Enumclaw
레이크우드
Lakewood
퓨앨럽
Puyallup
5
스페나웨이

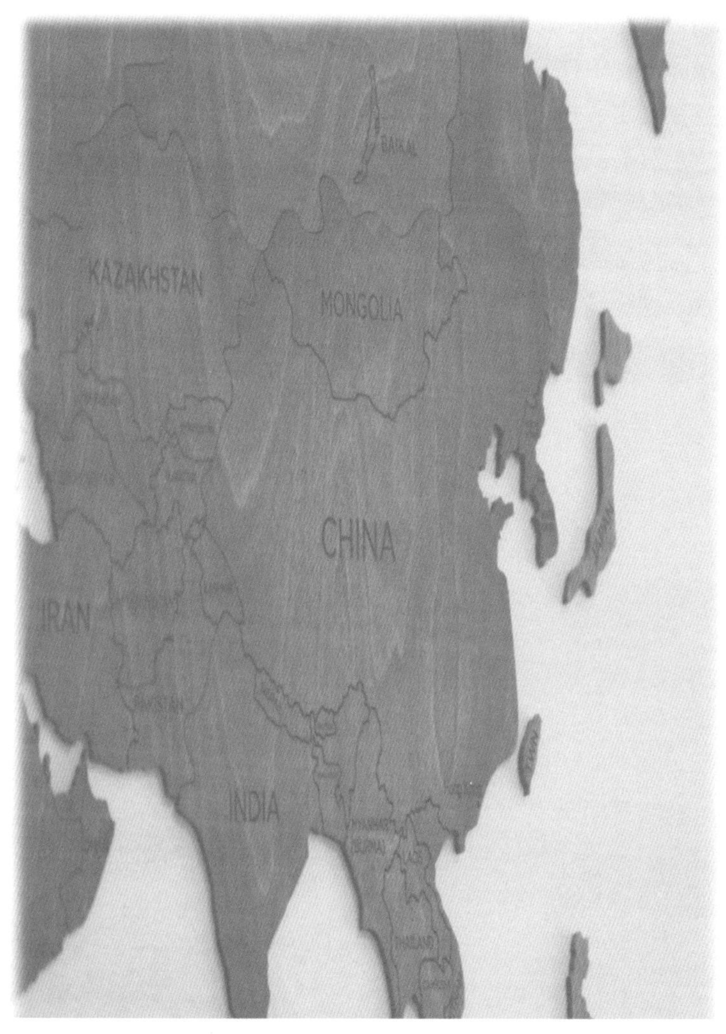

KAZAKHSTAN
MONGOLIA
BAIKAL
CHINA
IRAN
INDIA

워싱턴 주의 작은 마을 오번

오번의 2년제 대학에는 다양한 국적 중에 많은 비중의 중국과 카자흐스탄 친구들이 있었습니다. 그곳의 대다수의 아시아 유학생 90% 이상이 2년제 졸업을 목표로 두지 않았으며 4년제 학교를 들어가는 발판으로 많이 입학을 원하기도 했죠.

처음 학교에 들어갔을 때 세상은 넓고 인종은 다양하다는 걸 눈으로 보았습니다. 제 눈에 띈, 카자흐스탄 친구들의 아시아와 서양이 어우러진 얼굴은 멋있고 신기했습니다. 동서양이 섞여서인지 어느 나라나 쉽게 친구가 다 되고 이해하는 것 같았죠.

어디를 가든 먼저 노력하지 않으면 문화와 언어적인 감정 교류를 뛰어넘는 건 쉽지 않았습니다. 누군가를 사귄다는 것은 말하지 않아도 서로 오래 알고 지냈던 것처럼 편안한 느낌, 그렇지만 아이러니하게도 너무 억지로 노력하다 보면 친구가 아니라 서로가 피곤한 비즈니스 같은 '일'이 되어 버리곤 합니다.

저 또한 시간이 지날수록 외국인 친구를 사귀는 것에 귀찮음을 느

끼기 시작했고 영어가 편해진 시점에는 한국적인 것이 그립기 시작
했죠.

샌프란시스코에서 만난 그 대만 친구 기억나시나요? 이제 와서야
미국에 10년 동안 살았던 대만 친구가 가지고 있었던 해외 생활의
회의감을 이해하게 되었는지 모릅니다. 그리고 그 친구가 하는 행동
에 대해서 조금이나마 이해하기 시작했죠.

2년제지만 어렵다

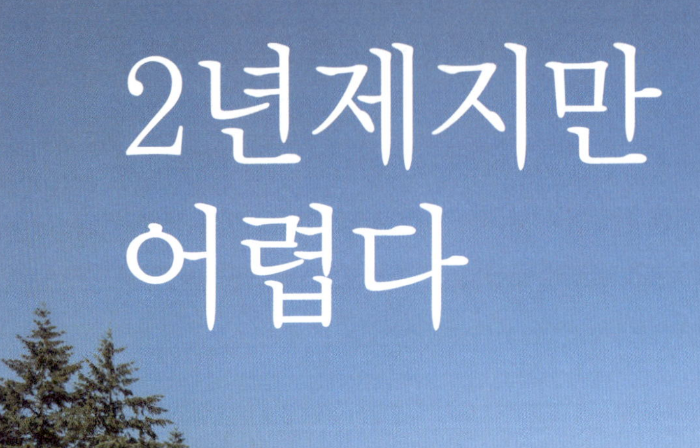

2년제면 뭐 어떻습니까? 그러나 미술 과목과 문학에서 어디서 본 듯하면서 끊임없이 나오는 어려운 단어와 문장들은 저를 피곤하게 만들었습니다.

문학 시험에서 아무런 이해도 없이 암기만 한 저는 이해를 묻는 과정에서 질문을 도저히 이해할 수가 없었습니다. 결국 백지를 내야 했고 그런 저를 교수는 빤히 쳐다보며 황당한 표정을 지었죠.

성적은 체육 과목을 제외하고 좋지 못했고 특히 영어 쓰기 부분은 학점이 인정되지 않는 낮은 단계의 과목을 들어야 했으며 수학마저 마찬가지였습니다. 저는 고등학교 시절 책을 단순히 외워서 시험 보는 연습만 했을 뿐, 전혀 다른 방식의 주관식 문제는 저의 이해력이 미치질 못했습니다.

나중에 알았지만 기본적인 학점을 포기하는 방법(학점이 낮으면 해당 과목에서 없애는 것)조차 제대로 모르는 저는 황당한 학생이었죠. 점점 목표를 잃어 가고 있었습니다. 하루는 침대에 눈을 감는 순간 현실에 대한 두려움이 몰려왔습니다. 문득 온갖 생각이 들며 잠을 못 이뤘죠.

4년 전을 돌아보며 처음 한국을 떠나올 때만 해도 자신감으로 넘쳐서 잃을 것이 없다고 당당하게 말하곤 했지만 점점 의지조차 잃어가는 저는 가족 누구에게도 정확한 상황을 말하기가 힘들었습니다.

어느 곳에서 그러더군요, 어느 정도 성공을 하려면 미리 준비된 칼로 요리를 해야 한다고 말입니다. 아무래도 저는 이미 모난 모양이 너무 많아서 이곳저곳 다듬어야 했던 게 아닐까 싶었습니다.

엉망인 학점으로 또다시 워싱턴 주립대 4년제로 편입을 한다는 변명을 늘어놓고 다시 워싱턴주에 있는 풀문에 있는 워싱턴 주립대로 갔습니다. 시애틀에서 5시간 떨어진 워싱턴주의 풀문으로 비행기를 타고 갔는데 으악, 무슨 일인지 비행기에서 내렸을 때는 당황스러움을 감추지 못했지요.

November 01, 2017

RE: CHOI, JI WOONG
31920 124TH AVE SE
AUBURN WA 98092

DOB
SEVIS #:
GRC SID #:

To Whom It May Concern:

The above-named was a full-time student who majored in Physical Education at Green River College. This student is registered with Green River College for Spring, 2016 which began March 28, 2016. Besides, this student registered for Summer, 2016 which began June 20, 2016 and Fall, 2016 which began September 19, 2016.

If you should have any questions regarding the above information, please do not hesitate to contact me.

Sincerely,

for Wendy Stewart

Wendy Stewart
Vice President, IPEL
Green River College

그린리버 대학에서 받은 수료증

킬로나
Kelowna
크란브
Cranbro
버
uver
쎠리
urrey
오카노건=웨
내치 국유림
Okanogan Wenatchee
National Forest
시애틀
Seattle
스포캔
Spokane
코어 드얼린
Coeur d'Aler
워싱턴
터코마
Tacoma
모스코
Moscow
야키마
Yakima
네즈 페르세
레저베이션
YAKAMA INDIAN
RESERVATION
월로와-휘트먼
국유림
Wallowa-Whitman
틀랜드
ortland
림
em
피아
mpia

눈으로
덮인 마을

살면서 알래스카에는 가 본 적이 없습니다. 이곳은 약간 비슷해 보이지 않나요? 아니면 많이? 알래스카에 비행기가 잘못 도착했나, 하고 생각했습니다. 비행기에서 내리면 일반적으로 깨끗한 공항이 나오는 것과는 달랐죠. 살면서 이렇게 넓은 눈으로 뒤덮여 있는 공간을 본 적이 없습니다.

시애틀에서 비행기를 타고 약 5시간 떨어진 풀문이라는 도시에 내렸는데 사방이 눈밭이라서 놀랐습니다.

그나저나 이제 짐을 찾아야 했습니다. 그런데 '내 가방은 어디에 있지?' 아무것도 없고 눈에 띄는 건물도 없는 것 같고 그냥 눈밭이었습니다.

그러다 조그만 휴게소 같은 곳으로 들어가서 가방을 찾을 수 있었습니다. 숙소에 가려니 콜택시 말고는 없다고 하니 겨우 마을 택시를 불렀는데 대략 1~2시간 기다린 끝에 도착했고 기숙사로 향했습니다.

간혹 친구들과 지인들은 깊은 내용을 모르고 드디어 대학다운 대학에 갔다며 열심히 하라며 격려해 주곤 했지만 부끄러울 수밖에 없었습니다.

의식적인 자신감을 가지려고 노력했지만 자신감이 떨어지는 저를 바라보았습니다. 저 자신은 제가 처한 상황을 알고 있기에 자존감은 저에게 거짓말을 치지 않았습니다. 스스로에게 찾아오는 솔직한 기분을 속일 수 없습니다.

아무것도 없는 것 같은 곳에서 택시를 타니 친절한 흑인 기사분이 이런저런 일화를 얘기해 주었습니다.

그동안 자신은 이곳에서 차별을 많이 겪었으며 여기서는 인종차
별을 조심해야 한다고 말했죠. 믿기지 않지만 흑인이란 이유로 심지
어 자신이 어딘가에서 쫓겨난 적도 있었다고 이야기해 주었습니다.

겁이 없던 저는 그런 것이 두렵진 않았지만 내심 이런저런 일을
생각했습니다. 단일민족이라고 불리던 한국인으로 평생을 자라 와
서 누군가를 깔보거나 이유 없이 무시를 당한 적이 별로 없던 터라
차별에 예민한 것도 별로 탐탁치 않아 했던 것도 있습니다.

핑계를 대자면 제 성격이 조금 털털했던 이유도 있지만 타지에서
되도록이면 부정적인 상황을 되도록 피하고 싶어서 그랬던 것도 사
실이었죠. 그래도 타지에서 생활해 본 바로는 은연중에 이루어지는
무시와 차별은 외국인으로서 보이지 않는 어려움으로 작용하는 게
당연했죠. 일주일이 지나고 아침에 일어나 눈밭을 걸으며 교실에 들
어가 첫 오리엔테이션을 했습니다. 자기소개를 수없이 해 왔기 때문
에 저에게는 이젠 노래가사를 외운 것처럼 느껴졌죠.

WASHINGTON STATE
COUGARS

미국
대학생도
술 사랑?

잠깐 머물었던 기억을 말하자면 대학교는 너무나도 커서 걸어서 돌아다니기는 불가능했습니다. 크지만 정말 있을 건 다 있는 곳이었지요.

시설은 완벽에 가까웠습니다. 운동에 한이 맺힌 것 같은 헬스장 안에는 수영장이 있었으며 그 안에는 야외 목욕탕이 있었습니다. 저녁에 혼자 캠퍼스를 돌아다니다 바보처럼 길을 잃어버리기도 했죠.

사실 그동안 술은 한국 대학생들이 꽤 많이 먹는 것으로 생각했지만 이 대학을 오고서 그 편견이 조금 깨졌습니다. 여기서는 술 먹는 동아리가 있었고 그 커뮤니티에 들어가면 정해진 요일에 매주 술을 엄청나게 먹어야 했습니다.

대부분 펍이나 레스토랑에는 신기하게도 학교 학생들밖에는 없었습니다. 일하는 사람들, 심지어 대학을 관리하는 사람들 모두가 대학교 월급을 받고 일하는 학생들입니다. 마을 자체 대부분이 대학교였기에 그 안에서는 모두가 같이 활동하는 느낌이었습니다. 인종 비율은 백인들이 제일 많았고 적은 비율로 흑인과 아시아 학생들이 있었습니다. 나름 대학을 정할 때 인종 비율도 참고했던 것이, 그 대학의 분위기가 느껴졌습니다.

솔직히 얘기하자면, 특정 인종이 압도적으로 많으면 다른 인종과 어울리기보다는 그들끼리 뭉치는 경우가 많았습니다.

행복에서
도피로…

학원을 관두고 대략 15일 이내에 미국 내에서 출국하지 않으면 불법 체류자가 되는 상황에서 급하게 생활을 정리했고 다행히 잘 마무리됐습니다. 다만 이제는 입국 심사에서도 꽤나 어려움을 겪었습니다.

"여태 미국에서 무엇을 했냐?"부터 시작해서 지난 5년 동안의 일을 제대로 나열하지 못하면 입국이 어렵다는 말을 들었습니다. 어학원을 다니기에는 이상하게 나의 회화 실력은 높았다고 지적했고 대학을 가기에는 나의 쓰기와 읽기 실력이 바닥이라고 말했지만 심사관은 믿지 않았습니다. 마지막으로 입국 심사관에게 들을 소리는 "너 스스로를 부끄럽게 생각해라"였습니다.

'내 발로 여기까지 와서 이런 소리를 들어야 하다니…….'

순간적으로 화가 나기도 했지만 지금 돌아보면 저는 한심한 사람이었습니다.

캐나다는 미국과 영어 억양 차이도 그리 크지 않았습니다. 큰 차이를 못 느낄 정도로 정서와 문화가 비슷했고 음식 또한 다양한 이민자들 때문인지 미국보다 더 신기한 요리들이 있었습니다.

영어학원 생활은 계속됐고 또한 시험성적에서(어학원 레벨테스트) 말하기는 항상 최상위권이었지만 여전히 쓰기는 중급 정도 수준밖에 머물지 못했지요. 가장 힘들어했던 부분은 시간이 지날수록 집중을 못 했고 항상 간단한 숙제도 무언가 빠뜨리곤 했습니다. 점점 정신이 다른 곳에 가 있는 것처럼 상대방이 말을 해도 한 번에 이해하지 못하는 상황이 반복됐습니다.

캐나다 토론토에서도 여러 어학원을 돌아다니며 도망 다니고 있는 기분이었습니다. 이런 스토리가 지겹겠지만 남들은 5년이면 이미 대학을 졸업하고도 남는 시간에 이룬 것도 없이 저는 나이만 먹은 것 같았습니다.

저는 평소에 해 왔던 운동도 못 할 정도로 의지를 잃어버렸고 심지어 100킬로에 육박할 정도로 살이 많이 찌게 되었습니다. 분명 가족들이 보면 기겁할 모습이었습니다.

많은 것들이 연속될 수 없나 봅니다. 제가 해외에서 떠돌아다니는 귀중한 시간에 소중한 친구들도 많이 떠났죠. 제가 멀리 떠난 것처럼 모든 것이 서서히 멀어져 갔습니다.

바보 유학생의
행복을 찾아서

캐나다
교회를 가다
캐나다

저의 의지는 바람에 흔들리는 이파리 같았습니다. 저에게 기댈 곳이 간절하게 필요했습니다. 주저해 봐야 답답함만 늘어날 뿐입니다. 그냥 일요일이 되자마자 일어나서 교회로 걸어갔죠.

겉으로 보기에는 여러 한국의 교회들과 크게 다를 바 없었지만 간혹, 성경 영어가 어려웠습니다. 교회는 초코파이를 먹을 때만 갔던 걸로 기억이 납니다.

사실 어머니께서 기독교인이셔서 자주 교회에 가시는 것을 보고 자랐지만 정작 저는 교회에 관심이 없었습니다.

제가 믿는 것은 이랬습니다. '사람은 나약하지 않기에 굳이 어디에 의지할 필요가 없다'고 말입니다. 세속주의였던 저는 사람들이 믿는 신념에 대해서 별 관심이 없었지만 이번에는 좀 달랐던 것 같았습니다.

가끔 집에 교인들이 찾아오면 전도할까 봐 도망가거나 숨기도 했습니다. 무교였던 저도 깨달음을 얻고 싶었습니다. 조금이라도 저의 심장박동을 추스리고 싶었지요.

사람들이 왜 교회를 가서 기도를 하는지 조금은 이해할 수 있었습니다.

캐나다 교회의 참여 방법은 한국과는 좀 다르다는 걸 느꼈습니다. 목사님의 설교가 시작되었죠. 어제 있던 자신의 잘못을 얘기하는 발표였습니다.

근데, 저는 5년간의 일들을 말해야 해야 하나요? 일단 온 김에 뭐라도 말해 보고 싶어서 과감히 손을 들었습니다. 다행인지 모르겠지만, 너무 많은 사람들이 발표를 원해서 지나쳤지만요.

(2013년 마이애미에서 우연히 엘리베이터에서 본 한국 대학생이 나를 교회에 전도해서 갔지만 아무것도 알아듣지 못했습니다. 거의 끝나 가는 시점에 많은 사람들이 모두 일어나 노래를 불렀고 그 합창은 꽤나 멋있었습니다. 나도 모르게 눈물을 흘렸는데 내 안에 숨어 있던 감정들이 터져 나온 느낌이었습니다)

캐나다도
나의 축구를
막을 순 없다

교회로는 만족할 수 없었나 봐요. 종종 운동이 너무 하고 싶었습니다. 그나마 답답한 마음은 운동으로 풀어야 한다는 생각에 공을 들고 밖으로 나가서 아무 팀이나 붙잡고 같이 하자고 부탁해 봤습니다. 나중에 얘기를 들어 보니 축구를 하기 위해서는 돈을 지불하고 클럽에 가입을 해야 했는데 캐나다 친구들과 놀면서 운동을 하는 것만큼 좋은 방법이 없었습니다.

모르는 사람끼리 돈을 내고 클럽에 가입에 팀을 이루어 시합을 한다는 것과 여자, 남자가 같은 팀을 이루어 축구를 한다는 것이 다소 생소했지만 익숙해지는 데 금방이었습니다. 한번은 축구가 끝난 후에 산으로 올라가 팀원들과 맥주를 마시며 고기를 구워 먹곤 했는데 잊을 수 없는 추억이 되었습니다.

(축구가 끝나고 고깃집이나 레스토랑에 모일 것이라고 생각했으나 도착해 보니 앞에는 산이 있었습니다)

캐나다 국경,
까짓것 걸어가
볼까요?

캐나다에서 혼자 걸어서 미국 국경을 넘어 비자를 받아 온 날을 기억합니다. 겁도 없이 가방 하나를 매고 택시를 타고 도중에 내려서 국경으로 당당하게 걸어갔는데 삼엄하다는 느낌을 받진 못했습니다.

택시를 타고 가다가 교통이 밀리는 바람에 걸어서 갔으나 금방 비자를 받을 줄 알았던 나와 택시 아저씨는 내가 30분 안에 돌아오리라 믿었지요. 사람이 너무 많아서 30분은 충분하지 않았고 2시간이 넘게 걸리고 말았습니다. 당연히 기사분은 가신 줄로만 알고 있었죠. 그런데 그 자리에 정말 그대로 2시간을 꼼짝 안 하고 기다리시는 겁니다.

"아니…… 어떻게 2시간을 기다리고 있었어요. 죄송합니다…….
그나저나 다행히 비자는 받았습니다."

그러자 아저씨는 너무 기뻐하면서 대답했죠. 혹시나 자기가 가 버렸으면 내가 어떻게 집에 갈까 생각하니 돌아갈 수가 없었다 하셨습니다. 저는 이걸 뭐라고 설명해야 할지 모르겠습니다. 저하고 별로 관련이 없는 사람임에도 불구하고 호의를 베푸는 사람들은 정말 감사한 것 같습니다. 순수한 마음에도 세상을 살아가다 보면 자연히 성격과 함께 바뀌게 마련입니다. 낯선 이에 대한 지나친 호의와 웃음 또한 괜히 의식될 때가 있죠. 저는 당연하다는 듯이 기다린 비용을 더 지불한다고 했으나 끝내 거절하신 아저씨를 보며 캐나다에서의 '정'을 느꼈습니다.

전반적인 문화 차이는 존재하기 마련이지만 세계 어딜 가든 서로에게 도움을 주는 좋은 사람은 꽤 많이 존재하는 것 같습니다. 대체적으로 동서양에 대한 편견을 갖고 구분하자면, '서양은 친근하고, 동양은 대체로 예의가 바르다'고 생각했지만 지금은 사람에 따라 다른 걸로 인지하고 있습니다.

집에 도착하자마자 옆집의 어떤 서양인 청년이 내가 혼자 비자를 받으러 온 것을 우연히 보았다며 차를 태워 주려고 했는데 미안하다고 얘기했습니다. 국경에서 만난 캐나다 청년하고 친구가 돼서 오랫동안 이야기를 하는 등 오늘 하루는 친절한 사람을 많이 만났습니다.

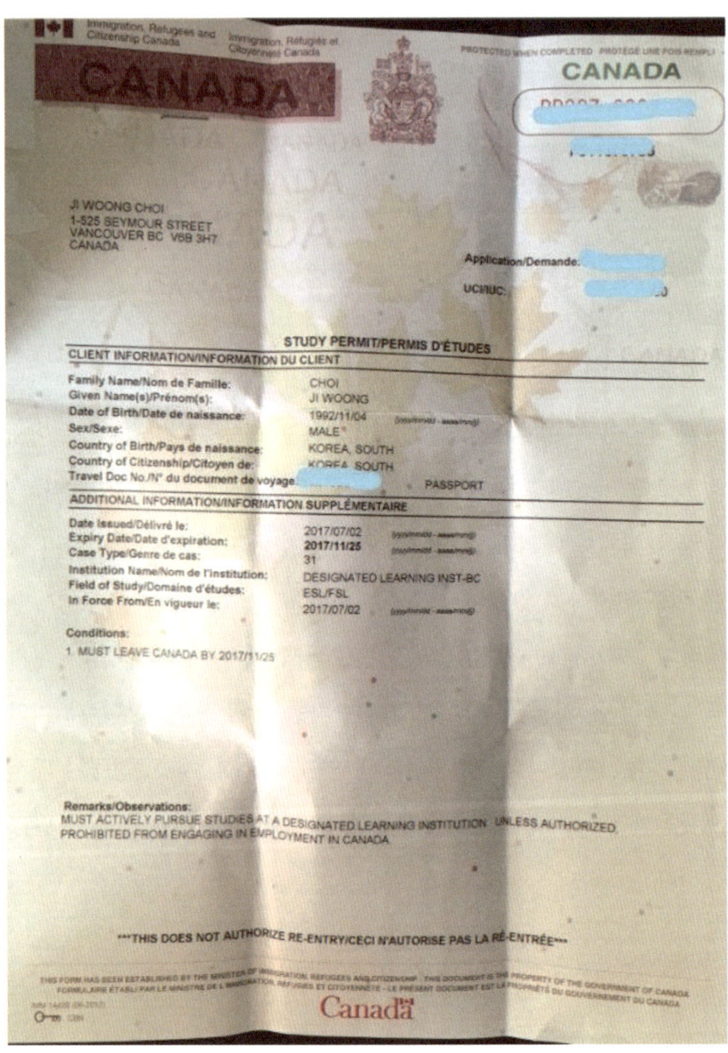

캐나다 학생비자

바보 유학생의
행복을 찾아서

다들
고마웠습니다,
돌아가기로
했습니다

　장기간의 방황 끝에 귀국한다는 것이 쉬운 것이 아니더군요. 어쩌면 내가 태어난 곳으로 돌아갈 수 있다는 것은 다행인 게 맞는 것 같습니다. 처음 미국에 간다고 했을 때가 언뜻 기억났습니다.

　"다시는 돌아오지 않겠다"며 떠난 나, 현실은 호락호락하지 않았지만 제 인생에 방황하고 도전할 권리가 주어져서 감사했습니다.

　사실 영주권이나 시민권을 받는다는 건 준비 없던 저에게 무리였을 지도 모릅니다. 혹여나 좋은 외국 배우자를 만나 결혼을 하거나 능력이 뛰어나 좋은 취업기회가 있어서 국적을 얻어서 자리 잡고 사는 사람이 있지만 그런 능력도 저에겐 없었습니다. 귀국하면서 이렇게 공허한 느낌은 처음이었습니다. 아마도 저처럼 무표정을 하고 공항에 대기하고 있는 사람은 없었던 것 같았지요.

　대부분 여행을 가는 사람들의 표정에는 기대와 설렘, 행복이 가득차 있습니다. 비행기를 타고 인천공항에 도착하자, 죄송하게도 부모님은 그런 저를 기다리고 계셨고 죄인처럼 부모님께 당당히 고개를 들 수 없었습니다. 예전과는 다르게 부쩍 살이 찐 모습과 자신감이 없어진 저를 보며 부모님은 그래도 '할 수 있다'며 용기를 주셨습니다. 오랜만에 국밥을 먹으며 그동안 있었던 일들을 자연스레 얘기했습니다.

'아무것도 이루지 못한 채 왔으니 그 오랜 기간은 아무 의미가 없는 것일까?'

그 많은 기간 동안 영어를 썼음에도 불구하고 캐나다를 끝으로 한국에 돌아와 간혹 영어에 대한 공부와 제가 방황한 요인과 집중을 하지 못한 이유에 대한 생각을 놓지 않았습니다.

'내가 잘할 수 있는 게 무엇일까?', '그동안 해 왔던 영어로 내가 할 수 있는 일이 있을까?' 저는 무엇보다, 그나마 영어회화에 대한 자신감이 있었는데 영어 공부를 원하는 학생에게 많은 돈을 받을 수 없어 한 달에 책 값 정도만 받기도 하였죠. 저는 남들에게 돈을 받고 가르칠 자격이 없습니다. 하지만 영어를 배우고 싶은 사람들에게 제가 겪은 이야기들을 공유할 수 있다는 것 자체로도 행복했습니다.

CHICAGO
CHICAGO
ART OF RAP TOUR JULY 22
BRING IT LIVE JULY 28
MARY J BLIGE JULY 30

바보 유학생의
행복을 찾아서

저에게
유학이란
말이죠

Happy Holidays
DUMBO
DUMBO

　큰돈을 주고 가는 유학에는 많은 순기능이 존재할까요? 다양한 말들을 제외하고 '유학'이라는 단어를 풀어서 정의하면 '부모님과 지인 없이 해외 나가서 공부하는 것?' 어쩌면 중요한 시기에 부모님의 부재가 있었고, 영어를 배우러 갔지만 외로움을 이기지 못해 한인타운에서 국밥에 소주를 먹는 생활을 할 수도 있었습니다.

　저는 유학을 갈 때 항상 에이전시를 통해 갔습니다. 준비성이 전혀 없었던 저에게 유학원은 안전고리 역할을 해 주었습니다. 중요할 때나 예상치 못한 상황에 에이전시의 조언이 필요할 때가 있었습니다.

　언제나 완벽한 것은 존재하지 않듯이 그러한 조언이나 정보에도 불구하고 타지 생활은 제 감정만큼 설명하기 힘든 생각지도 못한 일의 연속이었습니다. 막상 그곳에 도착했는데 생각보다 맘에 안 드는 장소이거나 시골이어서 혹은 본토 사람을 많이 만나기 어려워 점점 고립되다 몇몇의 같은 국적의 사람들과 모국어를 쓸 기회가 더 많아

질 가능성도 있습니다. 그동안 많은 곳을 돌아다니며 느낀 점은 에
이전시에게 충분한 도움을 받고 타지에 가기 전에 스스로도 철저한
준비를 하는 것을 적극적으로 권장합니다.

미국은 저에게
충격이자
멋짐이었습니다

　법과 제도에 있어 한국보다 많이 합법화가 되어 '자유가 무조건 보장되는 나라'라고 생각할 수 있지만 그만큼 법의 테두리 안에 '개인의 책임'이 뒤따랐습니다. 자유가 주어진다고 해서 모든 것을 마음대로 행동한다면 법의 처벌이 강한 미국에서는 그에 대한 대가가 주어졌습니다.

　한국도 같은 민주주의 국가지만, 직접 대화를 해 보면 사람들의 생각이 한국과는 조금 다르다는 것을 알 수 있었습니다. 미국 사람들의 유연한 인식은 삶에 대해 여유로운 방법으로 대처해야 한다는 그동안의 역사가 그대로 묻어났습니다. 타인에게 자신의 치부를 드러내는 것을 극도로 꺼려하는 저와는 달리 대화를 함에 있어서 유연함을 갖고 있는 미국인들을 보며 그들의 삶을 느낄 수 있었습니다.(예를 들면, 친구들끼리 레즈비언이나 게이, 개개인의 인권, 그리고 개성과 존중에 대한 견해가 편견과 부담 없이 다뤄지곤 했습니다)

거대한 블록버스터의 나라답게 할리우드 영화의 영향을 많이 받았다고 생각했습니다. 미국 영화에서 본 동양 문화는 사실 편견이 많이 들어가 있다고 생각합니다. 첨단도시에서 산다고 생각하는 저와는 다르게 마이애미에서 헌혈을 하려 했을 때 경기도에 사는 저에게 '전염병이 있는 도시'라고 말을 하면서 거부를 당한 적이 있었습니다. 제 욕심인지 모르지만 동양 국가에 대한 이해도가 편협한 것 같아 조금 아쉬웠습니다.

평생을 한국에서 자라 왔고 고국의 다양한 문화에 대해 자부심을 어느 정도 가지고 있었던 것은 사실입니다. 하지만 세계 속에서 보이는 한국이란 미디어에서 보는 것만 믿고 평가받고 있는 것이 안타까웠습니다.

(한번은 길을 걷고 있는데 어린아이가 나를 티비에서 봤다는 일이 있어서 '외국 사람은 아시아인을 비슷하게 보나?' 아니면 '아시아에 대한 시선이 편향되어 있어서 그런가?' 하는 생각을 하기도 했습니다)

그럼 저는 반대로 다른 국가에 대한 편견이 없었을까요? 저도 그랬습니다. 미디어에서 보이는 것만 보고 아프리카 국가들이 물질이 부족해서 고통받고 있다고만 생각했습니다. 하지만 제가 만난 아프리카 사람들은 누구보다 호탕하고 긍정적이었습니다. 제가 아프리카에서 온 택시기사에게 물어봤습니다. "캐나다는 정말 공기가 좋은 것 같습니다. 아침에 밖을 나올 때마다 한국에서는 못 맡아 본 공기 냄새가 나는 것 같아요." 그분이 그러더군요. "아프리카에서는 이곳보다 더 상쾌한 공기가 코를 찌르죠. 밖에는 동물들이 많이 돌아다니지만 그 광경이 얼마나 아름다운지 모릅니다." 또한 미국인이 한국에 대해 생각하는 것처럼 저도 미국 영화를 보면 서 항상 그 나라의 자유로움에 대해서만 상상했죠. 보수적인 사람은 거의 없을 것 같은 나라로 생각했습니다. 하지만 그렇지 않았습니다. 문화에 대한 차이와 성장과정을 이해하고 나면 결국엔 사람마다 성향이 다르다는 것이 결론이라는 느낄 수 있거든요.

일화를 말하자면 처음 뉴욕에 도착할 때였습니다. 그러던 와중 많은 사람들이 길거리에서 행사를 하는 것 같았습니다. 어려 보이는 많은 남자 학생들이 여학생을 업고 뛰어다니며 소리지르는 모습, 길거리나 지하철에서 남녀와 동성애자들이 거리낌 없이 하는 과감한 스킨십을 보고 놀란 적이 있습니다. 그 모습을 보고 '아, 역시 미국이구나'라고 생각했지만 시간이 지날수록 어떤 것도 단편만 보고 갖는 편견의 무지에 대해서 알 수 있었습니다.

사람들은 알기 전에는 과거에 느꼈던 지식을 토대로 바라보는 본능이 있습니다. 익숙한 기억들을 바꾼다는 것은 꽤나 충격이거든요. 눈으로 보기 전에는 맞다고 생각하는 것만 인정하고 싶기도 합니다. 저 또한 익숙한 것을 원합니다. 하지만 많은 것이 틀릴 수 있다는 것을 믿게 되었습니다.

다른 인상 깊었던 장면은 군인들이 행진하는 모습에 대한 사람들의 반응이었습니다. '한국에서 군대를 가는 것은 아주 당연한 것'이라는 인식 때문에 사람들이 지나가는 군인들을 보며 환호하며 박수를 치는 장면을 잘 상상하지 못했지만, 이곳은 아니었죠. 모든 사람들은 군인들의 행진 모습에 일제히 박수를 보냈고 격려를 했습니다.

저는 한국에서는 지하철이나 길거리에서 군인들의 계급장을 보며 '아직 군생활 오래 남았구나' 하며 안타깝게 여긴 것 같습니다. 다른 사람의 어떠한 희생도 아무것도 아닌 것처럼 생각하고 살아왔던 거죠.

싫습니다, 입국심사

 캐나다 공항에서 입국심사를 할 때 고난을 겪었습니다. 그 입국 심사관은 영어를 나름 잘 구사하기 때문에 다시 어학원에 갈 이유가 없는데 '도대체 미국에서 왜 캐나다로 오냐'며 의심을 했습니다. 어쩔 수 없이 최대한 생각나는 대로 사실을 말했지만 미국에서 있었던 일련의 과정들을 정리하는 것은 쉽지가 않았고 일정 기간이 완벽히 맞아떨어지지는 않았습니다. 그 후, 저는 저 멀리 의자로 보내졌고 그곳에는 아랍인처럼 보이는 많은 사람들이 있었습니다.

 어쨌든 그들이 보기에 의심을 할 수 있는 기간이었기에 상황을 기다릴 수밖에 없었습니다. '혹시나 한국으로 쫓겨나는 것이 아닌가' 하며 땀을 흘리고 있는 와중에 1시간 만에 심사관이 사무실에서 나오더니 입국할 수 있다는 손짓을 보냈습니다.

 도장을 받고 들어가는데 기분이 썩 좋진 않았습니다. 어학원을 너무도 많이 다녀서 일어난 해프닝은 처음 있는 일이었습니다. 짜증스럽기도 하면서 또 한편으로는 슬펐지요. 사실대로 말하자면,

화가 난 것은 저를 대하는 입국 심사관의 태도였습니다. 개인적인 질문을 지나치게 했으며 심지어 상처가 될 만한 말들을 서슴없이 하기도 했죠.

이 일이 있고 난 후에는 입국심사관만 보면 뭔가 잘못한 것 같은 느낌이 듭니다. 나라마다 차이는 있지만 최근에 불법 체류자들이 전 세계적으로 늘어나는 추세라 보안이 강화되면서 이런저런 질문이 많아지는 것 같기도 했습니다. 대답에 충분히 답하지 못한 잘못도 크지만 간혹 심사관이 작정하고 질문하면 계속 말장난하듯이 대답에 꼬리가 꼬리를 무는 경우가 많아서 머릿속에 정리가 잘 안 되는 경우도 있었죠.

20대의 저는 거침이 없었습니다. 때로는 상황과 장소를 가리면서 행동하는 지혜가 필요함에도 불구한데 말이죠. 저는 마치 브레이크 없는 자동차와 같았습니다. 마치 중간 속도가 없고, 굉장히 충동적이었습니다.

말 그대로 지친 것 같았습니다. 이런저런 일이 있고 나서 해외에 대한 회의감이 들기 시작했습니다.

바보 유학생의
행복을 찾아서

유학 갈까,
여행 갈까?

　유학을 갈 경우 처음에는 주로 어학원을 들어가야 하기 때문에 경험에 비추어 보자면 정해진 공간에 친구를 만날 수 있어 심리적인 안정을 얻을 수 있습니다. 다만 여행보다 예상치 못한 상황이 상대적으로 훨씬 줄어들기도 하지요. 생활범위와 루트가 정해져 있고 자신이 소속된 어학원에서 가치관이 비슷한 친구를 비교적 쉽게 만날 수 있다는 건 좋은 점이었습니다.

　영어 실력의 향상을 기대한다면 여행을 가는 것은 쉽지 않은 선택이지만 탐험을 위한 적극적인 여행은 매력이 있다고 생각합니다.

　우리나라 여권의 특성상 3개월 무비자 혹은 어떤 나라는 6개월까지 받을 수 있었기에 여행을 하면서 어학원 수강도 가능합니다.

사실 '여행을 혼자 가서 누굴 만날까?'라고 생각할 수 있지만 의외로 어색함 속에서도 본토 현지인을 만날 수 있는 기회가 찾아오기 마련이었습니다. 정해진 범위와 획일화된 공간에서의 상황이 아닌 주제를 벗어나는 일이 일어날지라도 괜찮았죠.

어학원에서의 아쉬웠던 점은 많은 외국인들이 수강을 등록하는 기간이 길지 않다는 점이었습니다. 몇 주 동안 있다가 돌아가는 학생도 많이 있으며 길게는 몇 달 정도였던 것 같았습니다. 제가 있는 반에서는 매주 새로운 학생들이 들어와 다양한 주제를 심도 있게 말하지 못했습니다. 계속해서 반복되는 자기소개와 이름 물어보기, '어제 뭐 했니?'와 같은 비슷한 대화는 1년 정도 이상 수강을 신청한 학생들에게는 지루한 영어였습니다.(외국에서 온 전 세계 유학생들은 일주일마다 혹은 한 달 안에 입학과 졸업을 반복하기 때문에 선생님께서 아무리 노력한다 한들 수업내용이 비슷할 수밖에 없습니다) 하지만 여행은 형식적인 것들을 최소화해 주면서 다양한 사람들과 대화를 하게끔 했지요.(주제와 내용의 범위가 넓어 영어 실력 향상에 도움이 되었습니다)

그냥 영어에
자신감만
있었습니다

　어릴 적부터, 직접 경험을 해야 그나마 상황을 이해하는 성격이라서 그런지 이런저런 시행착오를 많이 겪었습니다. 중학교 시절 축구부를 그만두고 시험에서 영어 19점을 맞았으며 반 38명 중에 36등을 한 적이 있었습니다. 그런데 이곳 한국이 아닌 영화로 쉽게 접할 수 있는 나라는 미국이었으며 영어였습니다. 미국 뉴스 CNN을 들으며 그렇게 하면 저도 뉴스 앵커처럼 말할 수 있을 줄 알았습니다.

　중학교를 다니던 당시 저희 학교에서는 학생들에게 점수를 다시 확인한다 하며 사인을 했습니다. 학생들이 자기 점수만 보나요? 그렇지 않습니다. 반 학생 전부 다 알 수밖에 없었습니다. 최저점수를 받은 제 점수가 알려질까 봐 미친 듯이 부끄러웠죠. 영어를 잘하거나 외국에 갔다 온 학생들은 선생님들이 은근히 발표를 많이 시키고 띄워 주었죠. 그때 재 생각엔 외국에 다녀온 친구들은 여유로워 보였습니다.

한번은 학생들의 점수를 공개하다 선생님의 배려였는지 제 점수 숫자 19십구를 1과 9를 따로 일, 구라고 말해 주셨지요. 그리고 얼마 지나지 않아 제 안에서 무언가 올라오는 것 같았습니다.

영어수업 시간은 제가 제일 걱정하고 싫어하는 시간이었습니다. 단지 실력이 드러날까 봐, 영어로 질문을 하면 당황하는 저 자신이 정말 싫었습니다.

아무런 지식도 없고 책상에 앉아 있는 것을 극도로 힘들어했던 저는, 중학교 3학년이 되고 스스로 다양한 영어 공부방식을 해 봤습니다. 모든 영어 뉴스를 외워 버리기와 팝송 해석하기 등 나름 여러 가지 공부를 했지만 '암기'라는 지루함 때문에 꾸준하지 못했습니다.

'영어 공부를 암기에 초점을 맞추는데 그것만큼 재미없는 것이 이 세상에 또 있을까?'라는 생각도 해 보고 외워야 된다는 것 이상의 재미를 조금 더 붙이고 싶어서 다짜고짜 당시 MP3플레이어에 미국 영화와 드라마를 다운받기도 했죠. 낭시 외국 생활을 긴겁적으로 접하면서 미국에 가겠다는 꿈을 가졌습니다.

홈스테이보다
기숙사가
더 좋았습니다

　주변에 홈스테이를 하는 학생들을 보면서 홈스테이는 기숙사보다 저렴하다는 장점과 집주인을 잘 만나면 사교활동이나 모임에 초대받을 수 있다는 장점이 있었습니다. 하지만 무엇보다 어떤 호스트를 만나느냐가 중요했습니다. 유학생들이 답답하게 생각하는 통금이 있는 경우도 있었죠. 미국 드라마에서 보는 것처럼 타지에서 와서 정말 가족같이 지내는 경우보다 불편한 경우가 많은 것이 사실입니다. 무슨 일이 생긴다고 가정할 때, 어쩌면 그들에게 책임이 따를 수도 있기 때문에 겉핥기 식 관리만 하면 되기 때문이죠. 다시 말해서 영화에 나오는 부유하고 마냥 친절한 가정에 들어갈 확률은 낮습니다.

기숙사를 선택하는 쪽에도 물론 장단점이 있습니다. 기숙사는 어느 정도 자유가 있는 것이 사실이며 미국 대학은 보통 통금시간은 없는 게 일반적입니다. 그곳에서 좋은 친구들을 만나며 사교활동을 하는 건 좋지만 행사 외에 자주 이루어지는 파티는 자제하는 것이 좋다고 생각합니다.

물론 가격은 홈스테이와 비교했을 때 기숙사의 가격이 대략 1.5배 정도 높기 때문에 부담이 되지만 캠퍼스에 기숙사가 위치해 있다는 점, 매일 필요시 대학 시설을 이용하기에 수월합니다.

일본인들과
이렇게
친했다니

역사적인 이유 때문인지 동양 국가들은 서로 정치적으로 사이가 좋지 않은 경우가 많죠. 하지만 미국에서 보는 동양 국가들은 성격과 문화가 비슷한 케이스가 많아 자연스럽게 정이 들어 버리는 친구들이 많았습니다. 그중에 제일 성향이 비슷하거나 대화가 편하다고 느낀 나라가 일본 학생들이었죠.

물론 좋은 점만 있는 건 아니었습니다. 영어를 하는 과정에서 서로가 너무 많은 오류를 내거나 원어민과 대화를 할 때보다 의지가 떨어지는 경우가 있습니다.

지극히 개인적인 생각일지 모르지만 저를 포함한 한국 사람들은 심리적으로 영어를 잘할 것 같은 사람에게 상대적으로 기가 죽는 경우가 많이 있는 것 같았습니다. 미국이나 유럽 사람들에게 영어를 하는 것보다 동양인들에게 영어를 사용하는 것이 편한 느낌을 받는 것도 그러한 이유일지 모르지요.

저는 그것이 어릴 적 우리의 잘못된 교육 방식과 관련이 있다고 생각했습니다. 학창 시절 한국 학생들은 수업시간에는 책상에 있는 노트를 보는 과정에 집중하느라 조금이라도 자존감을 뽐내거나 내세울 일이 많이 없습니다.

학교에서 난생처음으로 선생님이 영어로 수업을 진행하는 것을 본 적이 있었습니다. 다만 너무 힘겨워하셔서 도중에 "와, 이거 힘들다! 그냥 한국말로 하자"라고 하셨지요. 하지만 그것은 선생님이 영어를 잘하고 못하고의 문제가 아니었습니다.

영어 선생님이 학생들과 영어로 소통할 수 없다면 누가 매일 보는 선생님으로부터 학생들이 동기를 얻을 수 얻을까요? 이것이 안타깝지만 학창 시절 우리의 현실이었습니다.

해외 생활을 하면서 같은 국적의 사람을 마주하는 것을 피하는 것은 사실상 불가능했습니다. 간혹 미국에 왔기 때문에 '영어만 사용해야 한다'는 학생들도 있는데 의지는 대단하지만 소외감도 분명 무시할 수 없었습니다. 영어만 사용하는 데 불편함이 없다면 더할 나위 없이 좋지만, 자국민을 피하며 영어만을 구사하는 노력에도 불구하고 우울감을 느낄 수도 있습니다.

제가 아는 유학생은 한국어를 쓰지 않고 영어만을 사용했습니다. 그 친구는 단연 한국인이었기에 내가 한국어로 답을 하면 한국어로 대답을 할 줄 알았지만 그와 반대여서 예상외로 놀랐지요.

처음 본 순간에도 제가 한국어로 하면 친구는 영어로 말했습니다. 그 친구의 확고함에 다시 한 번 놀랐지만 그의 인성을 의심하지 않을 수 없었습니다.

인간의 얼굴의 생김새는 서로 다르지만 전반적으로 느끼는 감정은 대체로 비슷했습니다. 외국인이든 자국민이든 상대방에 대한 존중은 중요했습니다.

반대로 제가 아는 동생은 미국에서도 단연 인기가 많았습니다. 그 친구의 잘생기고 멋진 모습에 이성 친구들이 좋아했을 수도 있지만 그 친구의 성격도 한몫했다고 생각했습니다. 누구를 만나도 두루두루 사귈 수 있는 능력은 전 세계 어디든 통하는 것 같았죠.

바보 유학생의
행복을 찾아서

차별의 본능

한번은 네덜란드 여행 중에 어떤 남자가 저에게 갑자기 "너는 중국인인데 어떻게 영어를 할 수 있냐?"라며 짜증 섞인 어조로 물었습니다.

현재 얼마나 많은 동양인들이 영어권 나라에 있는지 아는 남자가 그런 말을 뱉었다니 다소 황당할 따름이었습니다. 오히려 빤히 쳐다봤죠. 왜냐하면 제가 무안한 반응을 보여서 남자 옆에 있는 혼혈 친구들이 기분 나쁜 차별을 알아채길 원했습니다. 제가 보기에 역시나 그의 친구들은 당황한 눈빛을 보였죠.

인종을 떠나 객관적으로 '한 인간'을 판단하는 것이 어렵다면 다른 것도 정상적인 판단을 하기가 힘들 것입니다.

해외를 가기 전에 저는 사람관계는 뭐든지 부딪치면 해결될 줄 알았습니다. 이론적으로 틀린 말은 아닐지 모릅니다. 만남의 확률을 높이는 일도 중요하지요. 그러나 가장 잘 이해해야 할 사람들이라고 느꼈던 사람들도 갑자기 서로를 조롱하기도 합니다.

사람 간에 차별을 두는 행위가 그 사람의 생김새나 국적 때문에 드러나는 은근한 무시라면 차별의 행위는 어떻게 알아차릴까요? 부당한 방법에 정상적으로 대응하기가 쉽지 않다는 걸 상대방도 알기 때문에 교묘히 이루어지곤 했습니다.

어학원을 다니면서 갑자기 선생님이 저에게 '너는 강아지를 먹지 않냐?'라고 모든 학생들 앞에서 주제에 벗어나는 말을 했습니다. 반 학생들이 '저 인종은 개를 먹을 수 있다'는 걸 은근히 상기시켜 주는 그러한 질문 자체가 무례하다는 걸 누가 모르겠습니까? 하지만 현실은 그랬습니다.

가혹 차별이라고 생각해서 친구에게 말했지만 '자신은 그러한 경험 없으며 너무 상황을 심각하게 받아들이는 것'은 아닌지 되물은 경우도 흔치 않을 겁니다. 주류사회에 늘어가기 위해시 그런 말 또한 대수롭지 않게 넘어가는 사람들도 많을 테지요.

약자를 무시하고 괴롭히는 것이 아무리 우리의 인정하기 싫은 본모습이라고 하지만 너무 유치하기 그지없습니다. 각박한 세상은 아직 다양한 나라를 받아들일 준비가 안 됐다는 생각이 들기도 합니다.

코로나19 이후로 외국서 사건, 사고가 많아지면서 직간접적으로 인종차별을 느끼는 사람들이 많아지는 것 같습니다. '이 세상에 차별을 완전히 없앤다'라는 건 불가능할지라도 좀 더 융화되길 기원합니다.

MetLife
E 40 St
PASSENGER CARS ONLY
TONS

작가의 말

어릴 적 누군가 유학을 간다고 하면 멋있고 굉장하다고 느꼈습니다. 저는 그때만 하더라도 서양 국가에 간다는 걸 상상해 본 적이 없었거든요.

해외에서 매일 아침 침대를 박차고 일어나서 세상 밖으로 나가야 하는 것은 저를 강하게 만들어 주었으며 더해서 외국인을 만나는 것이 마치 매일 미지의 세계를 탐험하는 느낌이었습니다.

"How are you? I'm fine. Thank you." 뒤에 계속해서 스토리를 덧붙여 내는 영어는 재미있었습니다.

20대에 여기저기 해외여행을 하고 유학을 갔음에 운이 굉장히 좋았다는 것에 감사함을 느낍니다. 또한 주어지는 기회들을 경험들을 여러분 것으로 만들어 끝내 웃을 수 있기를 기원합니다. 철없던 시절 '바보 유학생의 이야기'는 제 기억 속에 남을 겁니다.

 바보 유학생의 행복을 찾아서

I CANT
BREATHE

바보 유학생의
행복을 찾아서

초판 1쇄 발행 2025년 6월 19일

지은이   최지웅
E-mail   love0003nice@gmail.com
Instagram IG love0003nice

펴낸이   이기봉
편집   좋은땅 편집팀
펴낸곳   도서출판 좋은땅
주소   서울특별시 마포구 양화로12길 26 지월드빌딩 (서교동 395-7)
전화   02)374-8616~7
팩스   02)374-8614
이메일   gworldbook@naver.com
홈페이지   www.g-world.co.kr

ISBN   979-11-388-4397-3 (03810)